A marca FSC® é a garantia de que a madeira utilizada na fabricação do papel deste livro provém de florestas que foram gerenciadas de maneira ambientalmente correta, socialmente justa e economicamente viável, além de outras fontes de origem controlada.

PAULO SCOTT

Ithaca Road

Copyright © 2013 by Paulo Scott

Grafia atualizada segundo o Acordo Ortográfico da Língua Portuguesa de 1990, que entrou em vigor no Brasil em 2009.

A coleção Amores expressos foi idealizada por RT/ Features

Capa
Retina 78

Preparação
Márcia Copola

Revisão
Marina Nogueira
Marise Leal

Os personagens e as situações desta obra são reais apenas no universo da ficção; não se referem a pessoas e fatos concretos, e não emitem opinião sobre eles.

Dados Internacionais de Catalogação na Publicação (CIP)
(Câmara Brasileira do Livro, SP, Brasil)

Scott, Paulo
    Ithaca Road / Paulo Scott. — 1ª ed. — São Paulo : Companhia das Letras, 2013.

    ISBN 978-85-359-2269-1

    1. Ficção brasileira I. Título.

13-03582   CDD-869.93

Índice para catálogo sistemático:
1. Ficção : Literatura brasileira 869.93

[2013]
Todos os direitos desta edição reservados à
EDITORA SCHWARCZ S.A.
Rua Bandeira Paulista, 702, cj. 32
04532-002 — São Paulo — SP
Telefone (11) 3707-3500
Fax (11) 3707-3501
www.companhiadasletras.com.br
www.blogdacompanhia.com.br

Agradecimentos

São tão fortes e evidentes os fatores que estabelecem e organizam semelhanças entre Brasil e Austrália que, de fato, é surpreendente a inexistência de laços e parcerias mais sólidas entre esses dois países — o mesmo se poderia dizer entre Brasil e Nova Zelândia, terra de Narelle, a protagonista deste romance. Sempre há tanto a agradecer aos que se envolvem e se empolgam com a intenção de contar uma história. Este livro não teria acontecido sem o convite corajoso de Rodrigo Teixeira, que me disse estar faltando, no projeto que idealizou, uma narrativa que se passasse na Austrália; registro aqui meu reconhecimento. Devo muito ao apoio de meus pais, Marlene Iara Rocha Scott e Elói Rodrigues Scott, e do meu irmão André Luís Rocha Scott. Agradeço a André Conti, que — além de grande amigo e escritor que admiro — foi o editor com o qual todo escritor deseja poder contar um dia, e também a toda sua equipe. Agradeço a preparação excepcional de Márcia Copola, a leitura de Camila Dalbem, as dicas bibliográficas de Ana Paula de Freitas, Daniel Galera,

Fabio Almeida e Maria da Graça Busko sobre temas e assuntos abordados na história, os conselhos preciosos dados pelos meus amigos australianos Ian Alexander e David Cole; e, por fim, a Morgana Kretzmann, cuja presença tem sido inspiração.

A canção do Lonely Drifter Karen programada no toque musical pras chamadas de Trixie acorda Narelle. Seis e quarenta e quatro da manhã no visor do iPhone. "Que bom que você já está acordada. Estou ligando pra dizer que a gente vai ter que adiantar em uma hora e meia a mudança das suas coisas lá de casa. Consegui um horário na oficina pra levar o carro. Ontem começou a fazer um barulho sinistro na caixa de câmbio e não tá engatando a terceira. Estou com receio que estoure de vez, como estourou no meio do ano passado." O volume do aparelho está altíssimo. "O.k., Trixie... Que horas pretende passar aqui?" Puxa um dos travesseiros, apoia a cabeça. "Daqui a, no máximo, uma hora. Pode ser?", pressionando como só ela sabe pressionar. "Eu... hã... Não quer mesmo deixar pra depois?", Narelle diz. "Acho mais garantido fazer essa mudança logo... porque senão vira lenda, você sabe como essas coisas de entregar imóvel são delicadas, tenho que mandar pintar a casa pra devolver no fim da semana que vem e antes tenho que dar um jeito naquela infiltração da parede da cozinha porque esse foi o acordo com o proprietário..." E Narelle a interrompe. "O.k., Trixie, o.k. de verdade, passa aqui em uma hora, vou estar mais do que pronta", sabendo que não estará de fato mais do que pronta e que não teria que se preocupar com nada disso caso pedisse pra não receber, ao menos por enquanto, as roupas e livros e materiais esportivos que afinal são seus e assim deixar de liberar duma vez espaço na casa alugada, cujo contrato foi rescindido de comum acordo entre Trixie e o proprietário por razões que Narelle não fez a menor questão de conhecer. "Olha, já encaixotei tudo, é só colocar no carro e descarregar aí." "Certo. Vou te esperar. Beijo", e desliga. Levanta-se, abre a janela do quarto, contempla a ausência de circulação de carros e pedestres lá fora, tendo bem claro que esse lá fora significa (apenas em menor extensão) esta cidade e país, este lugar de resistência, de geografia insular, onde as flores nativas não têm perfume, onde a dedicação europeia saturou paraísos litorâneos, um posto avançado da Terra do Nunca, empresa do império, ódio contra as consuetudinárias inglesas, corridas do ouro, febre do ouro, a tolerância acuada em relação aos asiáticos, um deserto que matou aventureiros de todas as épocas, lã de ovelhas, carvão, minério de ferro, o pragmatismo que fez surgir e aprimorou o nado crawl, a teimosia que levou à vinicultura, garotos japoneses e chineses, legítimos japoneses e chineses, elétricos e desaforados vestindo plushes coloridos, escarrando salmoura por onde passam, entrando com suas pranchas de poliuretano sujas de areia nos ônibus lotados nos fins de semana, o churrasco de canguru oferecido a preços exorbitantes a turistas ansiosos pelo mais pitoresco, diabos-da-tasmânia criados pra se engalfinharem até a morte em rinhas clandestinas, adolescentes encorpadas com seus timbres graves e seu caminhar impávido movimentando minissaias curtíssimas e saltos quinze nas baladas de sábado, arrestos, inundações, a primeira a ser fundada, a mais cosmopolita, o lugar do Opera House e da famosa praia de Bondi, em cuja areia boa parte dos jovens bem-nascidos ao redor do mundo (jovens que conseguem tempo e dinheiro pra manter frequência nas praias e o esbanjamento dos esportes radicais) sonha em enterrar os pés e aproveitar. Então se apoia no parapeito da janela e, na perspectiva de quem está no terceiro andar, olha pra baixo, pro pequeno gramado que há na frente daquele edifício número seis da Ithaca Road, e em seguida pras nuvens, que também são parte da cidade e do país. "Olá, Senhor Mais Um Dia Nublado." Começa a abrir as janelas das outras peças do apartamento de Bernard. Cobra-se por ainda não tê-lo faxinado e arrumado do jeito que irmãs deveriam fazer pra irmãos mais velhos com problemas financeiros anunciados de última hora e precisando muito de ajuda a ponto de, alegando não ter mais ninguém a quem recorrer, tê-la feito voar às pressas no último sábado da Irlanda pra Austrália pra substituí-lo na administração do Paddington Sour, seu bar-restaurante na badalada Oxford Street, uma aventura que lhe custou as economias dos anos em que foi um dos gerentes regionais de marketing do Bank of New Zealand mais uma casa de duzentos e vinte metros quadrados numa das melhores áreas residenciais de Auckland, um casamento que já não ia bem e uma caminhonete dessas parecidas com veículos de guerra de cuja marca Narelle nem sequer se lembra, enquanto ele, deixaria a cidade, como de fato deixou há menos de trinta horas, voando pra Auckland atrás de dinheiro pra impedir que o barco afunde. Recolhe as canecas e xícaras que foi espalhando pelo apartamento sem ter bebido todo o café que servira, despeja o líquido na pia, ajeita-as junto aos pratos e talheres na lavadora. Fecha a tampa, liga a máquina. Diferentemente do que ocorre nos outros lugares nos quais se hospeda, onde passa um tempo maior e chega a ter quarto exclusivo como o de vinte e poucos metros quadrados com vista que sublocava, a preço irrisório, na casa alugada por Trixie, tem a clara noção de que este apartamento não é seu lugar e a caminho do quarto onde dormiu, como se não acompanhasse a lógica de labirinto que todo imóvel alheio tem, se dá conta de ter esquecido de pôr o detergente especial na lava-louça.

Vêm da oficina que fica sete quarteirões Bondi Road abaixo, onde, depois de ajudar Narelle a transportar seus objetos de Tamarama Beach até o apartamento da Ithaca Road, Trixie largou seu Golf Cabriolet modelo noventa e três pra ajustar o câmbio. Ela agora segue a amiga sem deixar que a distância entre as duas aumente; chamando a atenção das pessoas pelas quais passa com seu metro e oitenta, vestindo casaco de abrigo da seleção de futebol da Holanda numa cor laranja bem laranja e bermudão preto, forma a dupla exótica perfeita com Narelle. Ambas da mesma altura, mesma estrutura física, diferenciadas na coincidência pela cor da pele e do cabelo: Trixie, australiana, loura, pele clara, olhos azuis, Narelle, neozelandesa, cabelo castanho escuro, pele amarronzada de nativa maori, olhos pretos, maoris. E a conversa já sofreu reveses, agora é Trixie que está calada ouvindo Narelle argumentar. "Se a Lana te deixou é porque estava se sentindo sufocada. Tudo bem, Trixie. Relaxa. Você já abandonou tantas garotas, já fez tanta donzela sofrer. Você não é a vítima, nunca foi e nunca vai ser...", e alça a amiga pelo braço, carregando-a pra dentro do Five Steps Coffee pra se banquetear num Full Irish Breakfast, uma das especialidades da casa (Narelle é louca pelo Five Steps, já Trixie, como faz questão de dizer sempre que pode, odeia o lugar como odeia quase tudo em Sydney, porque vem de Perth, no outro lado da Austrália, e quem vem de Perth costuma ser bastante crítico em relação a Sydney pelo simples fato de que Sydney não é Perth; no entanto, foi em Sydney que Trixie arranjou o emprego que buscava: é produtora executiva das exposições transitórias na Art Gallery of New South Wales há cinco anos e ganha muito bem por isso, o que não é mau). Cumprimenta entusiasmada os atendentes atrás do balcão, afinal foram três meses completos sem aparecer, pede o de sempre, diz pra não esquecerem os ovos fritos com as gemas moles e para beber pede um chá preto com leite, emendando que pra moça branca de ofuscar os olhos a seu lado, e lança um olhar provocativo na direção de Trixie (os atendentes são quase todos turcos de pele escura e sabem o que significa chamar alguém de branco de ofuscar os olhos), serão três fatias de queijo de cabra e duas torradas, cogumelos fritos no azeite, um chá verde e um copo pequeno de grapefruit, não importa se o suco for de caixa porque ela gosta assim mesmo, com gosto de papelão, forçando novo sorriso e perguntando se acertou. Trixie rebate com um segundo de careta estrábica e língua de fora, adiantando-se pelo corredor extenso e apertado da entrada, passando rente à parede pra não se esfregar nas pessoas que estão comendo em pé junto ao balcão. Subindo a escadaria de seis degraus ainda mais estreita que o corredor elas se dirigem ao segundo piso do Five Steps, metro e meio acima do nível da entrada, a área dos turistas, mochileiros vindos dos albergues que não incluem serviço de café da manhã, e clientes esporádicos. Trixie se detém diante do aparador de madeira à sua direita, mexe na pilha de jornais sobre o tampo e só consegue os da véspera. Narelle observa segurando a risada, sabe que embora os donos do Five Steps comprem diariamente um exemplar do *Australian*, um do *Daily Telegraph*, um do *Sydney Morning Herald* é quase impossível encontrar uma edição do dia que não esteja de posse dos operários das obras sem fim ao longo da Bondi Road; interessados nas crônicas e resultados dos jogos, independente da modalidade, eles pegam tudo, pegam até os suplementos que não leem, e quando terminam de folhear fazem questão de entregar direto nas mãos dos outros operários que estejam chegando, de modo que só é possível ter acesso aos jornais quando se vai ao Five Steps depois das onze. Trixie olha em volta como se houvesse a quem reclamar e desiste. Chegam ao terceiro piso, apenas dois degraus acima do segundo, onde ficam os habitués (dos tais operários monopolizadores dos jornais aos engomadinhos que trabalham nos escritórios do centro da cidade; dos velhos que entram apenas pra matar o tempo e ficam embromando com suas xícaras de café preto aos surfistas e nadadores da região que acordam cedo pra aproveitar o mar e as ondas pouco disputadas e passam no Five Steps pra encher o estômago antes de seguir pras outras atividades). Há duas mesas livres. Escolhem a maior, onde cabem quatro pessoas. Os pratos e talheres usados pelos que as antecederam ainda estão ali. Trixie levanta a mão, acena pras garçonetes. "Você não devia comer esse monte de gordura, Narelle. Não é bom pra sua psoríase..." Narelle tira da bolsa o computador, abre, liga. "Tenho seguido a dieta médica à risca. Hoje é dia de eu respirar. Desde que cheguei não parei um instante." Fica olhando pro monitor enquanto a máquina inicializa. "Será que a senha continua a mesma?" A garçonete traz as canecas com os chás, deixa num canto da mesa. "Sim. Continua", e vibra com os punhos cerrados no ar. "Sua infantiloide", Trixie diz. A garçonete limpa a sujeira, recolhe tudo o que não será utilizado, ajeita sobre o tampo duas toalhas de papel estilo jogo americano, pede licença, sai. Logo em seguida, numa rapidez que impressiona Narelle, chegam os pratos e as outras bebidas. (Narelle tende a começar pelas salsichas de porco, só depois vai pras torradas com ovos fritos, bacon e cogumelos, e então ao feijão e à morcilha, o pudim preto do qual Trixie, já disse outra vez, sente verdadeira repulsa.) Antes de enfiar o primeiro pedaço na boca, Trixie pega firme em sua mão, a que está segurando o garfo, mas Narelle reage. Narelle intui o que Trixie dirá, o problema é que

Trixie não tem ideia do impacto psicológico da doença, dessa doença que se manifestou pela primeira vez como a do tipo comum, depois em crises de gravidade média, irregulares e espaçadas, acompanhadas de dores nas articulações, e então, exatamente na semana em que completaria vinte e um anos, na forma mais agressiva, se espalhando por todo o corpo, inclusive no rosto; a possibilidade de recorrência da doença é um de seus maiores pesadelos, porque não há controle, apenas paliativos em geral sem eficácia. "Quantas vezes eu já disse: não quero sermão pra cima de mim. Contra a psoríase as únicas coisas infalíveis são a luz do sol e a cabeça tranquila. Por cabeça tranquila... céus, vou morrer repetindo isso... entenda-se: não se envolver afetivamente com ninguém, não dar satisfações a ninguém, não exigir satisfações de ninguém, não sofrer por ninguém, não fazer o outro sofrer e, acima de tudo, não se culpar. O resto é placebo." Trixie a libera. "Que seja então", e se volta pro seu prato de comida. Narelle come mais rápido do que Trixie, não toca no chá com leite. Olhar grudado no monitor do laptop, acompanhando as postagens de sua sócia, Daisuki, que vive em Londres; as duas pesquisam estampas pra vender a estilistas das grandes grifes em Nova York, eventualmente Paris. De tempos em tempos, Narelle viaja pelo interior da Nova Zelândia, Austrália, Inglaterra, da Escócia e do País de Gales atrás das tais estampas, de padronagens surgidas na maioria das vezes da mera adaptação gráfica dos tecidos que no final do século dezenove e início do vinte faziam sucesso nos grandes centros da moda mas que, por não replicarem com exatidão os matizes e parâmetros das originais, se tornaram composições singulares, com justificativa e gabarito únicos. Há um roteiro preestabelecido de cidades e regiões e há também um roteiro de gestos e frases que ela desenvolveu pras aproximações. Depois da abordagem (quando a pessoa visitada admite uma desconhecida em sua casa bisbilhotando e admite mostrar o que tem), a aquisição é simples: se não consegue persuadir a dona da peça a vendê-la, tenta conseguir um pedaço que revele o padrão ou deixa um valor em dinheiro e faz um contrato de empréstimo pra poder levar a peça, copiá-la em equipamentos de alta resolução e fidelidade e depois devolver pelo correio. Nesse seu negócio, como em qualquer outro negócio, a boa reputação, mesmo sendo construída aos poucos, faz toda a diferença. Uma pessoa indica outra que indica outra que indica mais. Em alguns casos o fato de Narelle ser neozelandesa mestiça de maori com europeu ajuda, noutros dificulta. Lidar com estranhos foi sua oportunidade pra conhecer melhor as pessoas: já houve quem a expulsasse e quem lhe desse de graça as melhores peças de tecido imagináveis e quem caiu em prantos e quem a acusou de furto e quem tentou beliscá-la e quem tentou beijá-la sem dar justificativa alguma e quem arrumou as malas e pediu pra ir embora com ela. Nem todas as interlocutoras percebem de fato o significado dos tecidos que possuem, nem todas entendem a lógica da avaliação. Há os desenhos corriqueiros mas que nunca perdem o charme, os imediatos, que preponderam sobre tudo ao redor mas que passado um tempo se apagam, há os que se ocultam e só depois se revelam. Predizer tais atributos exige experiência, e o acervo que vai se acumulando em três mil amostras se torna um organismo no qual não se consegue mais encontrar particularidade. À medida que o gosto eficiente das duas foi ganhando renome, a garimpagem e, sobretudo, a negociação das estamparias com as marcas relevantes, estrelas da revista *Vogue* e de suas concorrentes, foram dando a Narelle e Daisuki fama de especialistas exitosas na recomendação do que funciona na produção de cenários, exposições, instalações, estandes, do que produz bom resultado quando se trata de tecidos e há pouco tempo e baixo orçamento. Por isso Trixie as contrata com frequência, em especial Narelle, pra trabalharem por demanda dando consultoria à Art Gallery, e por isso Daisuki, quase sempre solicitando a parceria de Narelle, é constantemente chamada por galerias londrinas pra consultoria semelhante. Então Daisuki pergunta quando ela voltará pra Londres, e Narelle, com paciência que até agora não teve, informa o que aconteceu. Depois que Jörg apareceu de surpresa em Londres na semana passada e lhe deu uma passagem pra encontrá-lo em Dublin na quinta-feira porque precisava falar com ela e com o irmão dele juntos, irmão esse que trabalha como consultor no Google e não teria como se afastar do trabalho pra encontrá-los em Londres, Narelle foi a Dublin e na própria sexta-feira recebeu uma ligação de Bernard pedindo que viesse a Sydney o quanto antes pra tomar conta do Paddington Sour. Narelle diz a Daisuki que desgraça nunca vem sozinha e que terá de ficar ali controlando o restaurante por duas semanas, duas semanas no máximo. Daisuki a censura por não ter lhe dito nada. Narelle argumenta que só hoje, quarta-feira, conseguiu parar pra pôr em dia suas coisas pessoais. Daisuki pergunta se foi tudo bem em Dublin com Jörg. Narelle desabafa: em relação a Jörg tudo está mais estranho do que nunca. Prefere não falar a respeito porque ainda não entendeu o que houve. Daisuki propõe a Narelle que se programe pra irem juntas a Nova York desta vez, que será daqui a vinte e seis dias. Narelle diz não ter nada pra fazer em Nova York. Trixie se atravessa e tecla um tudo bem, japa assanhada?, Narelle a empurra e volta a escrever, comenta que Trixie está numa daquelas suas típicas crises de abandono repentino. Daisuki pede pra Narelle mandar Trixie botar um pau de verdade na boca e gargarejar. É a vez de Trixie empurrar Narelle e enviar um vai atender seus clientes do prostíbulo russo aí e cala a boca. Narelle volta e diz que Trixie está mesmo operando no modo inflamar o ambiente. Daisuki diz estar com saudade da branquela estivadora bunda grande e que vai interromper a conversa porque o angolano tesudo e totalmente garanhão que marcou com ela acaba de chegar. Gargalhando das vulgaridades que as três fazem questão de cometer quando se juntam ainda que virtualmente, Narelle olha na direção da entrada do Five Steps no exato momento em que Justin está passando pelo tal corredor estreito onde os outros lancham em pé. Enquanto ela se despede de Daisuki, Justin se aproxima, dá um bom-dia impessoal, embora faça meses que não vê Narelle, e mostra a capa do *Sydney Morning Herald* com a chamada em letras garrafais BLACK TUESDAY fazendo referência ao dia anterior, quando foi registrada a maior queda da bolsa australiana em duas décadas, e aos bilhões de dólares que evaporaram com as vendas apressadas de ações, ao fato dos consultores das maiores corretoras estarem alarmados e convencidos de que se trata do ensaio do fim do mundo, à situação até mais desesperadora das bolsas asiáticas e à interrupção do sistema eletrônico por vinte e cinco minutos na tentativa de conter as vendas, ao fato de George Soros, quebrando a frieza habitual, ter declarado que o mundo está entrando oficialmente na maior crise financeira desde o fim da Segunda Grande Guerra e à revelação de que a crise no setor de financiamento imobiliário nos Estados Unidos já arrastou perto de seis trilhões de dólares do mercado mundial de ações e não há previsão concreta de que o processo de perdas seja estancado num curto prazo. Justin senta à mesa entregando que perdeu um bom dinheiro com as aplicações na bolsa e, com seu jeito egocêntrico de falar dos outros pra na verdade falar de si, conta o que aconteceu com grandes amigos seus, uma gente promissora que neste momento deve estar sofrendo tanto quanto ele. Narelle e Trixie se olham preocupadas, não tiveram nem sequer a chance de lhe dizer um olá, sabem que se não fizerem algo imediatamente aquela minidominação do universo de Justin não terá fim. (Justin nem deveria estar ali, o Five Steps não consta do itinerário que inicia na casa onde ele mora em Tamarama e termina na imobiliária de imóveis de luxo em Randwick onde trabalha há três anos num cargo de gerente-empregado-associado que ninguém entendeu ainda exatamente o que é.) Narelle pergunta se ao menos ele continua sensualizando no circuito de festas cuja chave mestra ela sabe que só ele tem, porque Justin tem mesmo essa fama de estar em todas as melhores baladas e flertar impune com os donos da cidade e com o submundo da cidade ao mesmo tempo. Ele diz com toda a frieza que vai ser mais difícil agora que o ex-vizinho famoso dele, o Heath Ledger, morreu. As duas perguntam como assim o Heath Ledger morreu. Justin conta que acabou de ouvir no rádio do carro, coisa de dez minutos. Overdose de remédios pra dormir, disseram. Essa história de interpretar o Coringa e o Bob Dylan ao mesmo tempo e de ser tão autocrítico, tão autossuficiente, tão perfeccionista e perfeito, essa história de lutar contra a máquina de fazer dinheiro que é Hollywood. "Não deve ser fácil viver pra Hollywood", diz com pesar convincente. Narelle abre a página eletrônica do *New York Times*: HEATH LEDGER MORREU. Muitas manchetes, muitas conjecturas. Justin retoma o assunto das baladas, é sua maneira de mostrar à audiência o quanto é versátil, conta que voltou a frequentar aquele bar na esquina da Oxford com a Hopewell, o New Paddington Inn, a poucas quadras do Paddington Sour, dando a entender que o New Paddington Inn caiu nas graças da sua turma de Woollahra (reza a lenda que Justin só deve *fidelidade* à turma de Woollahra), diz que Narelle precisa ir até lá com ele um dia e, sem que nenhuma das duas possa interagir por causa do estado de choque e do fato de Justin falar sem interrupções, que ela, em momento algum se refere a Trixie, tem que conhecer o novo DJ contratado da casa, um tal Kidids, um geek com uma capacidade absurda de pesquisar o que de melhor surge a cada semana no mundo da música. As duas deixam que fale por mais uns minutos. Daí Trixie o intima. "Olha pra mim, Justin. Presta bem atenção. Ou você cala essa boca agora ou troca de mesa. Certo?" O silêncio dura mais que o razoável. "Entendi, Trixie." A garçonete traz o Aussie Breakfast que ele pediu. "Ingra, por favor, você pode deixar numa outra mesa...", sem tirar os olhos de Trixie. "Pensando melhor, não, Ingra...", diz, agora segurando a garçonete pelo braço, "pode levar de volta. O moço aqui... ops, desculpe... a moça aqui acaba de me expulsar do restaurante... e como sou um cara obediente...", tira cuidadosamente a parte do seu jornal que ainda está nas mãos de Trixie, põe duas notas de dez dólares na mão de Ingra e se levanta. "Então", olhando contrariado pra Narelle. "Um dia, quem sabe, eu explico a sua parcela de culpa no que acaba de acontecer aqui, Narelle." "Olha, Justin, a gente não queria..." Enquanto Narelle tenta falar, Justin lhe diz um nos batemos por aí, neozelandesa, vira as costas, sai. "Deixa, Narelle...", Trixie fala com indiferença, "Justin não passa de um equivocado. Acha que tem o direito de fazer o que quer o tempo todo", empurra a xícara na sua direção, "e pelo amor de Deus, menina, toma um gole desse chá antes que esfrie." Narelle obedece, depois encara Trixie e, sem dizer nada, arregaça as mangas da blusa, mostra as lesões avermelhadas rodeando as escamações nos punhos, nos antebraços, nos cotovelos, levanta a camiseta, mostra a barriga e a cintura tomadas; a psoríase está ali, quieta, ardendo, de volta.

Na fração do mundo do skate que é o mundo do skate de Narelle não importa quem vai completar a manobra ou vai se quebrar feio no chão, quem possui a melhor técnica, quem é o top dos tops. É pouca a diferença de comportamento entre os caras e as meninas, os caras não se incomodam de esperar a vez, é raro um deles se atravessar, correr na frente como no surfe. No surfe, os caras não são tão legais quanto os caras do skate, talvez porque cada onda tenha seu movimento único e isso gere o conhecido desespero do eu preciso muito pegar essa daí. No skate o ambiente não se desloca, a pista é concreto armado. A maioria esmagadora dos frequentadores do Skate Park de Bondi Beach é bem mais jovem que Narelle; ela não liga, fala com os meninos como se fosse da idade deles. São autênticos cavalheiros: reativos, impulsivos, ainda desconhecendo o lado perverso da masculinidade. O mundo do skate tem essas paradas de rodas, eixos, rolamentos, parafusos, tábuas longas, tábuas street, old school, de manobras, pra decolagens, pra downhill, lixa de aderência extra, lixa pra andar descalço, lixa de passeio, as cores, as ilustrações, os tombos, as escoriações, os eventuais pontos tomados no hospital quando o sangramento não estanca, as talas, as canaletas, o gesso. No item tombos há o subitem ficar longe dos tombos, nesse sentido nada é mais prazeroso que vitrine de loja de skate (mesmo se a loja estiver dentro do luxuoso shopping Westfield de Bondi Junction) e, mais ainda, quando nela estiver exposta a nova coleção de tábuas série especial da marca californiana Santa Cruz. Impossível não adorar, e é o que Narelle está fazendo neste minuto quando Trixie a empurra e diz que deveria estar namorando bolsas e sapatos e não disputando espaço com garotos de treze anos diante de vitrine de loja de skate. Narelle sequer se mexe. "Vai levar uma dessas tábuas ou não?", Trixie pergunta. "Não consigo decidir", desarmada. "Elas são todas muito lindas, muito lindas mesmo." Trixie leva as mãos à cabeça. "Que diferença faz? Ficam viradas pra baixo quando você anda..." O velho ruído de sempre. "Você nunca vai entender, Branquela", rodeando conversa, usando frases que já foram usadas e ainda serão usadas outras tantas vezes. "Um esporte em que é essencial cair e se quebrar... Não, não quero entender nunca, obrigada... Sou disposta, mas não a tanto." Narelle volta a olhar a vitrine. "Se pudesse comprava todas." Trixie consulta as horas de novo. "Então... daqui a pouco tenho que ver se o carro ficou pronto." Narelle percebe que a paciência da amiga se esgotou. "Até o fim de semana eu decido qual destas vou comprar." Trixie puxa-a pela mão. Saem pelo braço leste do shopping. "Cara, chega de dar voltas. O que é que você tá querendo me falar? Nunca te vi assim tão vacilona, juro", Trixie toma a iniciativa. "Incertezas, meu senhor. Incertezas que devem ser vividas em segredo, meu senhor, idolatrado senhor, senhor...", e ri. "Então é incerteza isso de você não parar de mexer no bolso direito dessa sua calça?" Caminham mais alguns metros. Narelle tira do bolso um pequeno estojo azul e, como se aquele objeto fosse um isqueiro, abre a tampa, mostra o anel. "Jörg..." Trixie não espera. "Meu Deus do céu, eu sabia..." Narelle balança a cabeça. "Ele me deu em Dublin", revela. "Austríaco filho da puta... O que posso dizer? Pedido de casamento... Essa aliança deve valer uns quatro mil dólares", largando a mão da amiga pra pegar a caixinha. "E onde ele está agora?", pergunta. "Está no Brasil, vai ficar vinte e tantos dias por lá. Está escrevendo uma matéria sobre o lado obscuro da mineração de ferro...", respira preocupada, "ele recebeu umas pistas no final do ano passado e agora conseguiu dinheiro pra correr atrás de informações, de provas." Trixie conserva o olhar em Narelle. "Você vai aceitar esse pedido de casamento, Narelle? Quer dizer, se for mesmo um pedido de casamento..." Narelle pega o anel de volta e guarda no estojo, colocando em seguida o estojo no bolso. Uma turma grande de meninos com uniforme escolar de educação física passa por elas, o professor adverte que não ponham os pés fora da calçada, os carros engarrafam a rua na direção bairro--centro, um homem coça a nuca enquanto estuda a grama do campo de críquete da região, e dentro da bolsa de Narelle a música do grupo eletrônico Plaid pras chamadas feitas por números que não estão na sua lista de contatos do celular toca. Atende, e uma voz masculina com leve sotaque americano se apresenta como Bruce, administrador e síndico nomeado pela Justiça do estado de New South Wales, comunica a abertura de um processo de falência contra Bernard e, antes que Narelle possa se manifestar, adianta que tendo ela ficado no lugar do irmão, mesmo que não tenha responsabilidade formal sobre o Paddington Sour, será quem responderá pelo estabelecimento comercial perante o Poder Judiciário até que ele volte de Auckland, mesmo que essa substituição pareça estranha, a substituição é o que a lei autoriza e impõe até, pede que o encontre às duas e meia no restaurante pra começarem o inventário do patrimônio, informa que depois terá de visitar o apartamento da Ithaca Road pra fazer a mesma coisa, diz pra não se preocupar, pois ele estará devidamente identificado, diz que tentará ser o mais discreto possível, que seria melhor ela não se atrasar e, a partir daquele telefonema, por razões óbvias, não cogitar em sair da Austrália.

Estacionam em frente ao prédio na Ithaca Road. Trixie diz que tão logo Narelle desça do carro voltará à oficina e gastará até a última gota de saliva que houver na sua boca gritando com aqueles vermes incompetentes que, sem dúvida, nem sequer tocaram na caixa de câmbio. É quando, porém, Narelle começa a falar abertamente. Trixie a escuta por minutos. Desliga o motor do carro e então refuta. "Sabe o que vejo nesse seu imbróglio com o Jörg, Narelle? É a mesma leitura de sempre. Vejo ele como alguém que nunca foi suficientemente legal contigo e nunca foi suficientemente legal com ninguém... Um cara de trinta e dois anos que sonha com os grandes prêmios do jornalismo mundial e, paradoxalmente, ou talvez nem tão paradoxalmente assim, está sempre precisando duma babá por perto pra segurar as questões práticas." "Bem... e aqui vai a mesma resposta de sempre: você não conhece as motivações da carreira dele, os riscos que ele corre quando vai atrás de informações e mais ainda quando publica... Sempre foi alta a taxa de assassinato de repórteres como ele... os que investigam de verdade... é contrainformação pesada, máfia industrial, suborno, chantagem, sumiços, assassinatos... Os assassinatos não são divulgados pra não entregar de bandeja que, no final das contas, é muito fácil, mais fácil do que parece, assassinar Clark Kent que se meta a incomodar os que realmente dão as cartas." Trixie se inclina sobre o painel, olhando fixo na direção do Beare Park (a Ithaca é a via de acesso àquele parque cercado por edifícios residenciais que, pela vista privilegiada da Elizabeth Bay, se tornou ponto turístico de visitação obrigatória), gira a chave na ignição, engata a marcha com dificuldade, dirige até a vaga livre do estacionamento oblíquo à via que dá acesso ao píer de barcos. "Bem, já que pelo visto vamos ficar aqui, então que ao menos se aproveite a vista." Narelle move o encosto do seu banco pra poder enxergar melhor a outra. "O.k., eu vou contar... Em Dublin, no sábado pela manhã, quando fomos à casa do irmão dele, ele entregou pra cada um dois envelopes pedindo que a gente guardasse em lugares seguros e só abrisse no caso de, nos próximos meses, ele deixar de ligar por mais de sete dias... nada de mensagens por e-mail ou celular, mas ligação mesmo, ligação que dê pra reconhecer sua voz. Isso porque ele recebeu três ameaças de morte nesse último mês... por conta duma matéria que fez no México ano passado, é o que ele acha, não tem certeza, porque... o México... é inacreditável... nesse clima de democracia que parece que eles estão vivendo... o México voltou a ser mais um dos lugares punks da América Latina...", meditativa. "Contou que é a primeira vez que recebe uma ameaça de morte sem que exista uma relação clara, uma razão... Acho que foi isso que assustou ele... Não se fala impunemente das grandes empresas por tanto tempo como ele faz e se escapa ileso, sempre tem pressão, ameaças...", percebe que está se repetindo, é inevitável, "é mais seguro cobrir zonas de guerra do que mostrar o lado sujo da elite industrial, da...", e para. "Você está contaminada de novo pelas teorias da conspiração do seu Clark Kent vienense", Trixie sentencia, abre a porta do carro e sai. "Chega... Vem. Sente esse ar, neozelandesa. Foda-se o câmbio do Golf, fodam-se os malditos mecânicos... Tenho cinquenta minutos antes de chegar com folga na galeria pra uma reunião. Vamos até um banco ali. Vamos lá..." Narelle também deixa o carro. As duas caminham até o primeiro banco livre que encontram. Narelle espalha o acúmulo de água da chuva com as mãos, primeiro o lado de Trixie, depois o dela. "Tome o seu lugar." Trixie obedece e senta de maneira a Narelle deitar com a cabeça apoiada em suas pernas. "Há quantos anos nós nos conhecemos, Trixie?", com severidade. "Quase seis." "Então acho que ainda não passamos pelo teste dos sete anos de amizade, não é?" Trixie ri, mas em seguida reprime o riso. "Isso é pra casamentos, Narelle", contra-argumenta. "Não importa. Sete anos são sete anos." "Se você está dizendo...", consciensiosa. Narelle traça um sete no ar com o dedo indicador direito. "Pois é. Com o Jörg já passei com láurea pelos sete anos..." Trixie aperta a ponta do indicador de Narelle que continua em riste. "O.k. Já entendi", Trixie diz. "Nem sempre as coisas são o que parecem. Sabe? Em março agora faz quatro anos que ele me pediu em casamento pela primeira vez... um pedido do tipo protocolar, não um pedido lacônico como esse." Trixie se mantém inerte. "Não aceitei, mas propus um acordo, pedi que a gente virasse amantes, coisa que até então a gente ainda não era. Desses casais que não se veem com regularidade mas se veem sempre. Esquema tipo sempre que um quer trepar, apenas trepar, manda um SMS dizendo dia e local e o outro responde com sim ou não. Sim ou não, e mais nada. Isso de eu morar um tempo num lugar, um tempo noutro e dele estar sempre viajando... parecia a solução perfeita: contato físico sem cobrança. Sem compromisso, sem explicações...", respira fundo, "Jörg é o único cara que não me machuca quando a gente transa. Dá pra acreditar? Jörg, que segundo você é o rei do egoísmo, é o único cara que sabe esperar. Você sabe como as crises de psoríase me incomodam... acho que já te falei... na região... a pele fica mais fina... os lubrificantes me irritam... o desconforto dura semanas... Não é fácil..." Trixie a interrompe levando a mão ao peito da amiga e logo a retraindo. "Você sabe que não entendo nada de penetração masculina", diz em voz baixa. "Esse cara acha que carrega o mundo nas costas, acredite, não é pose, o Jörg, ele é louco mesmo", Narelle diz entristecida. "Você acha que entre vocês dois o que existe é apenas amizade, Narelle, um acordo entre amantes realistas e maduros, mas não é", Trixie assevera. "Você diz que não ama esse cara, mas está vinculada a ele há anos... A psoríase voltou porque você, a seu modo refratário, se importa com ele, sofre por ele." Narelle senta no banco. "Olha aqui pra mim, Trixie. Tenho vinte e nove anos. Quatro faculdades iniciadas e abandonadas, uma carreira de modelo que nunca decolou porque, bem, o mundo das passarelas não foi feito exatamente pra uma magricela maori que sofre duma doença de pele sem controle... mil projetos que nunca saem do papel, uma vida afetiva de merda... uma rotina sexual que poderia ser resumida a botão de ligar e desligar... porque isso de conhecer os caras mais legais e ficar com eles só por uma noite ou duas e nunca mais deixar que cheguem perto não é normal. E daqui a pouco faço trinta... Trinta anos e nem sequer me sinto em condições de ajudar um irmão quando ele resolve precisar de mim pela primeira vez na vida. Trinta anos, e sem casa fixa, contando com a paciência das melhores amigas e dos pais, ocupando quartos extras, salas... Auckland, Sydney, Londres, Nova York, os quintos dos infernos...", suspira. "Você acha que eu tenho condições logísticas e mentais pra sofrer por alguém?" Trixie se levanta. "Na real, ando pensando em voltar pra Auckland, arranjar um emprego, ficar por lá...", diz Narelle, e percebe a garota de uns vinte anos bem em frente olhando firme na direção dela, preso em sua camiseta branca por quatro joaninhas, na altura do peito, há um desenho detalhado dum 49er (barco olímpico de alto desempenho com casco fechado tipo prancha de windsurfe e asas feitas em fibra de carbono, sólidas no lugar das telas, concebido especialmente pros Jogos Olímpicos de Sydney em dois mil) numa folha de papel A4. "Estamos na idade em que as mulheres compreendem que nunca terão o direito de envelhecer, Narelle...", pondo a mão no ombro da amiga. "Por que está me dizendo isso?" Narelle não tira os olhos da garota. "Preciso ir andando...", diz Trixie, deixando claro que foi até onde conseguiu ir. "Quer pegar o seu computador ali no carro, Narelle?" Narelle não responde, acena pra garota. E a garota desvia o olhar.

Embora Narelle tivesse avisado que só apareceria no Paddington Sour à noite, os funcionários não demonstraram surpresa ao vê-la chegando à tarde. Logo que entrou no escritório (e mal teve tempo de ligar o ar-refrigerado), o filipino de meia-idade chamado Nick, que faz as vezes de gerente de estoque, veio lhe dizer que um representante da justiça esteve ali pela manhã bem cedo querendo saber dela, perguntando seu nome, o grau exato de parentesco com o patrão, o número do seu celular, advertindo a todos que por estar cumprindo ordens judiciais ele mesmo a procuraria e avisaria, e que, justamente por estar cumprindo ordens oficiais, qualquer ação contrária a esse encaminhamento não seria bem interpretada. Narelle pediu a Nick uma jarra com água e começou a ler aos saltos os estudos jurídicos que conseguiu encontrar na internet. (Muita informação imprecisa.) Há essa lei de falência de mil novecentos e sessenta e seis. Uma das providências mais importantes é listar o patrimônio, os rendimentos, depois é descobrir a quantidade exata de dívidas. Nem todos os bens são atingidos; a casa, o veículo, se o veículo for avaliado abaixo de certo valor, equipamentos domésticos, equipamentos da atividade de sustento daquele que faliu ficam de fora. As restrições podem durar três anos ou mais. Mesmo depois de resolvida a falência, a pessoa que faliu continuará identificada como tal, isso vai depender do seu comportamento, se foi do tipo esmerada ou displicente, de boa-fé ou de má-fé. Que tipo de falido será o Bernard?, ela se pergunta. Liga pra ele. O celular está desligado. O pai deles, um inglês irredutível, ex--assessor de Churchill nos seus últimos anos na Câmara dos Comuns no Parlamento inglês e que na idade de Narelle resolveu migrar pra Nova Zelândia atrás duma estudante maori que conheceu durante uma atividade combinada com o consulado da Nova Zelândia, conseguiu moldar dois filhos homens tão cheios de orgulho, incapazes de ceder a um desafio, que é de estranhar uma atitude como essa do irmão. Deveria ter cobrado dele uma justificativa mais convincente nas poucas horas que ficaram juntos três dias atrás. Lê por mais alguns minutos até que Nick bate à porta anunciando a chegada do síndico. Ela se levanta meio sem conseguir tirar os olhos da tela do laptop, segue o funcionário até o salão principal do restaurante. O rosto e a estatura do síndico não são muito diferentes do que ela imaginou, talvez ele seja um pouco mais atlético do que previu. Tem um crachá pendurado no pescoço e o segura de maneira não ostensiva, embora claramente com o propósito de se identificar. "Senhorita Narelle", adianta-se. "Olá, senhor", responde com a mesma formalidade. Apertam-se as mãos, e em seguida ele põe sua pasta sobre o balcão do bar, abre, tira o mandado judicial. "Preciso que a senhorita leia e assine a primeira via, a segunda fica com a senhorita", pega a caneta que está no bolso de sua camisa e entrega a Narelle. "Não sei se posso...", deixa escapar, enquanto se esforça pra vencer a diagramação e o léxico confuso daquela folha que noticia a abertura do processo falimentar. "Muita novidade duma vez só...", e assina. "Tem certeza de que leu tudo?", afável. "Acho que sim. E qual o próximo passo?" Ele pega a via que ela assinou, recoloca na pasta. "A senhorita pode me mostrar a casa?", olhando na direção da porta que leva à cozinha. (Provavelmente já conhece as dependências do Paddington Sour, provavelmente circulou por ali mais cedo.) "Acho que podemos começar pela cozinha", e faz sinal pra segui-la. Os funcionários, trabalhando nos pratos que têm de ser preparados antes de abrir o restaurante, interrompem a lida; não disfarçam a apreensão. Narelle prossegue como se não tivesse se dado conta. "Do que exatamente o senhor precisa?" Ele pede licença, tira uma câmera digital da pasta. "Vou registrar umas imagens preliminares, o.k.? Preciso ter uma ideia do que temos aqui. Depois vou identificar item por item e discriminar por escrito, fotografar e estimar um valor... essa é a parte maçante... mas podemos fazer isso à noite, depois que o restaurante fechar, num ritmo mais condizente com a tarefa, se a senhorita estiver de acordo." Narelle balança a cabeça. E apesar de ter deixado claro que o tal levantamento só aconteceria depois, ele se detém em cada detalhe, abarrotando Narelle de perguntas. O calor da cozinha a faz tirar a camisa de mangas compridas que está vestindo e ficar apenas com a camiseta regata usada por baixo. Neste momento Bruce se detém, os funcionários fazem o mesmo. Ela retribui os olhares, retribui a cada um deles, sem pensar na disparidade das lesões que apareceram em sua pele, cruzando os braços e ordenando a Nick que responda a tudo que o síndico quiser saber. Diz que aguardará no escritório e lhes dá as costas. Quase meia hora se passa até que o síndico surja na porta pedindo licença. Ela pede que entre. Ele explica que precisa olhar a contabilidade, os diários e registros desde o ano da inauguração. Ela diz que os registros devem estar com o contador. O síndico faz cara de quem não gostou de ouvir aquilo; observa ao redor, tira da parede o quadro pendurado à sua direita, nele está o alvará de funcionamento comercial do Paddington Sour. "Posso?", pergunta intempestivo. Ela balança a cabeça. Ele senta sem despregar os olhos do alvará. "Desculpe a indiscrição, mas isso na sua pele... não é...", de modo claudicante, mas em segundo algum perdendo a austeridade. "Psoríase", ela conclui de pronto. "Tive um colega no tempo em que atuei como oficial de justiça que tinha psoríase. Nunca entendi direito o que era", ainda sem tirar os olhos do alvará. Ela se apoia numa das guardas da cadeira. "Resumindo? É uma sarna, um tipo de sarna ao contrário... porque não vem de fora, mas do próprio corpo, de dentro pra fora, dos genes. Nenhum médico sabe direito o que é", acelerando o ritmo, "as células da pele inflamam, começam a se reproduzir exageradamente, se acumulam na superfície até formar essas placas aqui", e mostra os braços e próximo às orelhas, "e esse avermelhado vai se desmanchando e virando esse miolo de escamação aqui, esse esbranquiçado...", já notando que o está constrangendo, "e não é só isso... Afeta as articulações, as mãos, as dobras da pele", sem mudar o tom. "E como você trata?", ele pergunta. "Cada um tem sua receita. A luz solar é o que mais me ajuda... não funciona pra todo mundo, mas pra mim, sim... pego sol sempre que posso. E tomo zinco, uma dose diária de sulfato de zinco vinte e cinco miligramas, e um calmante natural à base de valeriana pra atenuar o stress e facilitar o sono... dormir bem é importante. E tento evitar gordura, lactose, álcool, açúcar... Tomo bastante água, evito contrastes térmicos, evito roçar e coçar a pele onde estiver machucada... coisas desse tipo, feitas pra tentar melhorar, sem nunca conseguir cem por cento os resultados desejados...", e se detém, "quando fico muito mal recorro a uma loção à base dum pigmento retirado duma planta tailandesa rara chamada de índigo nos laboratórios de manipulação. É o meu segredinho. Antes de dormir aplico nas partes afetadas, os lençóis ficam manchados de azul--marinho, mas dá pra lavar, sai fácil com água", encara-o como se o pouco de sentido que ainda houvesse naquela conversa tivesse desaparecido, pega o controle do ar-condicionado e aumenta em dois graus a temperatura. "Posso ver os arquivos?", e deixa o alvará sobre a mesa, apontando pro armário de pasta suspensa de quatro portas ao lado de Narelle. "Acho que não", Narelle responde, seca. "Eu teria de consultar um advogado... consultar meu irmão pra saber que advogado consultar... e não estou conseguindo falar com meu irmão." O síndico a encara. Os segundos passam. "A senhorita sabe o que está fazendo?" Narelle não responde. "Está obstruindo meu trabalho." "Olha, não vou impedir o senhor de listar todos os equipamentos e mercadorias do Paddington Sour, mas olhar os arquivos... Sinto muito, eu não poderia autorizar nada sem falar com o Bernard, não tenho permissão... além do quê, não tenho a chave..." Ele se levanta, pendura o quadro com o alvará de volta na parede. "Não tenho outra escolha então. Vou chamar a força policial da área pra me acompanhar no lacre deste arquivo. Ficará interditado até que eu apresente o relatório preliminar ao juiz e ele se manifeste. E já lhe adianto: de um jeito ou de outro, vou acabar sabendo o que tem nesse arquivo. Hoje é quarta. Se encaminhar o relatório até o final da tarde de amanhã posso garantir que a ordem de abertura saia na segunda-feira", pega o celular do bolso, começa a fazer a ligação. A conversa do síndico pelo telefone é breve. Em menos de quinze minutos, uma dupla de policiais entra no restaurante com um rolo largo de fita adesiva nas cores amarela e preta e uma fiação de aço que Narelle descobrirá se tratar de um par de cintas-cadeado. Os três selam o arquivo de modo a não ser possível violar os lacres sem que restem vestígios do seu rompimento. Depois o síndico acompanha os policiais até a saída do restaurante, abre a porta, age como se o estabelecimento fosse seu, agradecendo o pronto atendimento, o obséquio. Narelle apenas o segue. Sem tirar os olhos dos policiais que se afastam, ele avisa que agora precisa fazer o levantamento dos bens no apartamento da Ithaca Road. Narelle diz que por ela podem sair naquele minuto. Ele oferece carona, diz que irá de táxi. Ela anuncia que também irá de táxi, num outro táxi, abre a porta e, imaginando com isso estar revidando de alguma forma, sai sem olhá-lo no rosto. Conta até dez, até cinquenta, até cem enquanto caminha duas quadras tentando chegar a uma conclusão sobre o que está acontecendo. Liga mais uma vez pra Bernard. O celular está desligado. Ela prometeu a si mesma não ligar pros pais, tentará manter a decisão que tomou. Caminha a terceira, a quarta, a quinta quadra inteira e então acena pro táxi que está passando. A corrida não leva mais que dez minutos, e logo que o motorista dobra a esquina ela avista o síndico parado em frente ao prédio do apartamento do seu irmão. Diz ao motorista que descerá ali mesmo. Paga, sai. Aguarda um tempo observando-o (há pelo menos uns duzentos metros de distância entre os dois). "Senhor Bruce", e o saúda com a mão. Ele não retribui o gesto. Ela segura o sorriso e se apressa ao seu encontro.

Quase noite. A água fria do chuveiro bate com toda a pressão contra sua pele. O síndico saiu do apartamento há menos de meia hora. A situação de Bernard é mais séria do que ela imaginava. Pela estimativa inicial, fez questão de saber, seu patrimônio não cobre um quinto das suas dívidas. Encosta a testa na parede, fecha o registro. Não consegue acreditar na forma como ele entrou no apartamento, dedicado como um cão farejador, transtornado pela ausência de testemunhas. Levou menos de cinco minutos pra encontrar o cofre escondido atrás dum armário do quarto que serve de escritório. Perguntou se Narelle sabia a combinação pra abri-lo. Ela balançou a cabeça. Ele disse que não se preocupasse, não chamaria os policiais desta vez, queria só a palavra dela de que não abriria aquele cofre sem que ele estivesse presente. Ela se negou. Então ele segurou firme seu pulso direito. Pediu que lhe mostrasse o celular. Ela obedeceu. Pegou o aparelho, desligou, deixou sobre o tampo da mesa, deu uma olhada ao redor como se procurasse. Pareceu mais jovem e atlético do que antes, mais alto e ameaçador. "Não se preocupe... não vou ser violento... Quero só que você preste bem atenção no que eu vou dizer... A partir deste minuto, deste exato minuto, você vai me respeitar e vai me obedecer... Estamos acertados?" Poderia ter avançado com as unhas contra seu rosto, buscado uma faca na cozinha, gritado, reagido como se não houvesse consequências, mas concordou, apenas concordou. Depois de mais uma hora de trabalho disse estar satisfeito e que chegaria ao Paddington Sour às onze e meia da noite em ponto, destrancou a porta do apartamento por sua própria conta, agradeceu por estarem se entendendo e saiu. Narelle respira fundo, abre a porta do boxe, pega a toalha, vai até o quarto de Bernard, fica se olhando no espelho. Não é possível que esteja acontecendo de novo. Vai até a sala, pega o celular, liga pro Jörg. Ele atende. "Oi. Podemos marcar uma hora pra falar mais tarde pelo Skype? Estou meio ocupado aqui...", ele diz. "Preciso falar", ela reage. "O.k. Tenho quinze minutos... Tudo bem? Como está o seu irmão?" Narelle vai até a janela da sala, olha pra calçada sem se importar com a exposição da própria nudez. Conta o que aconteceu com o irmão e pede a Jörg que acione seus colegas na Nova Zelândia porque ela precisa falar com Bernard sem ter de incomodar Frank, o irmão mais velho, nem os pais. Jörg pede mais detalhes sobre a falência. Ela se atrapalha. Ao pormenorizar o que está acontecendo vai se sentindo envergonhada e desapontada. Bernard fugiu de Sydney, essa é a verdade. Como ele poderia não saber que estava prestes a ser demandado num processo de falência? Ele diz que encontrará Bernard pra ela e, mesmo sabendo que seu celular pode estar grampeado (sempre trabalha com essa possibilidade), começa a contar os contratempos que está enfrentando em São Luís do Maranhão, um dos lugares cruciais pra suas investigações. Narelle, ainda olhando fixo pra calçada em frente ao prédio, vê quando a menina que a estava observando hoje mais cedo passa ao lado de outra muito parecida com ela em direção ao Beare Park, acompanha até que as duas sumam do seu campo de visão. Jörg pergunta como ela está de verdade e, embora usando palavras diferentes, é quase ao mesmo tempo que ela também pergunta como ele está. Ela fica em silêncio, e ele diz que está melhor. Narelle percebe, no entanto, seu esforço pra causar a impressão de que tudo está sob controle. Ele pergunta sobre os envelopes e o anel, se ela está usando. Ela responde da forma que ele gostaria. Despedem-se da maneira rápida de sempre. Narelle volta ao banheiro, seca-se, vai ao quarto, veste uma das camisas estampadas com a logomarca do Paddington Sour na frente e a palavra "funcionário" atrás que estão empilhadas e ainda dentro dos sacos plásticos que descobriu na vistoria com o síndico, uma calça de malha, a primeira que encontrou, sai do apartamento, caminha até o parque. Nunca esteve ali à noite, é ainda mais agradável que durante o dia, há essas incandescências vindas dos edifícios que o cercam. Narelle avista as duas. Estão perto da mureta-dique que separa o parque da água da baía. Narelle senta sem concluir o que a fez sair do apartamento. A de cabelo mais curto, não a que a observou mais cedo, dá as costas pra baía, apoia-se na barra de ferro da mureta. A que a observou continua na mesma posição. Narelle se inclina, põe os cotovelos sobre os joelhos dobrados, fica olhando pras rachaduras do asfalto. Os minutos passam. Ela se distrai e só levanta a cabeça quando percebe os vultos na sua frente. "Oi", diz a de cabelo mais curto, "desculpe se atrapalhamos. Meu nome é Lakini e esta é Anna, minha irmã caçula..." "Oi, eu me chamo Narelle." Só Lakini está sorrindo. "Desculpe nossa cara de pau", diz Lakini, "mas minha irmã gostaria de lhe fazer uma pergunta", e pisca pra Narelle, "uma pergunta que vai parecer estranha, eu sei, mas se ela não fizer quem vai ter que arcar com as consequências sou eu. Então... se você não se importar..." Olha pra Anna, que desta vez não estabelece contato visual. "Pode perguntar...", e insiste complacente, "pode perguntar, Anna..." Está impressionada com a semelhança entre as duas, embora seja fácil perceber que a de cabelo mais curto é mais velha alguns anos. "Você é escritora? Se for escritora, poderia escrever um livro sobre a vida do meu pai?", sem modulação e ainda sem olhar nos olhos dela. "Não sou escritora, Anna", retruca. Lakini pega na mão de Anna, mas a irmã se desvencilha. "Na verdade, não precisa ser escritora, basta saber escrever e querer me ajudar", insistindo. "Olha, e me desculpe, até hoje ela nunca tinha deixado de aceitar com tranquilidade uma recusa", diz Lakini. Narelle faz sinal com a mão pra Lakini perceber que está tudo bem. "Mas diz aí, qual é a história do seu pai, Anna?", cedendo à empatia. Lakini senta ao lado de Narelle, cruza os braços. "Meu pai é pintor de quadros", balbucia Anna. "E o que mais?", Lakini provoca. "Ele não mora com a gente." Narelle fica sem saber como reagir. "Ele tem outra família", Anna prossegue. "Nossa mãe nos largou e ele casou de novo", Lakini completa, "casou com uma dessas mecenas adoradoras da arte e das atenções que a arte desperta: nosso pai é famoso, ela é vinte anos mais nova que ele... Ela faz de tudo pra mantê-lo longe do que sobrou da primeira família, no caso nós duas", e se levanta de súbito, dando a entender que já estão indo. "E você gosta muito dele, Anna?", Narelle pergunta. "Não sei." Lakini pega na mão da irmã, Anna se agita. "Ele está morando em Adelaide e, apesar da resistência da nova mulher, vem nos visitar de vez em quando... No Dia da Austrália, por exemplo... Suas visitas no Dia da Austrália são uma espécie de tradição entre ele e Anna...", e olha no sentido da saída do parque. "Então que bom que o Dia da Austrália está próximo", observa Narelle, sentindo-se inadequada por estar ali. Novo silêncio. "Bem, acho que nós vamos andando. Foi um prazer... mesmo...", Lakini solta a mão de Anna e de imediato se levanta. "Lamento sinceramente não poder ajudar." Lakini acena um tchau e começa a afastar-se. Anna se inclina na direção de Narelle e (como se Narelle estivesse ali unicamente praquilo) a abraça.

Por volta das duas da manhã, depois de concluir com o tal síndico o inventário no Paddington Sour, Narelle volta à Ithaca Road e, apesar do cansaço, não consegue dormir. Desfaz malas, empilha roupas, enfileira sapatos, abre caixas e todo o resto trazido da casa de Trixie, depara com coisas das quais nem se lembrava, coisas adquiridas por impulso, coisas que foram usadas uma única vez (o fato de terem sido recolhidas e embaladas pela amiga dificulta a familiaridade), reordena a disposição dos móveis do apartamento pra que seus objetos colocados ali não atrapalhem e de certa forma desapareçam quando Bernard voltar. Somente às quatro e meia, quando já começa a amanhecer, ela se acomoda sobre a inclinação das almofadas no sofá do living, fecha até a altura do pescoço o zíper do agasalho que está usando, apaga a luz do abajur, pega no sono. Assim a quinta-feira começa com esta claridade agredindo seus olhos que procuram as horas, com a descoberta de que faltam quinze minutos pro meio-dia, com o esforço de se pôr de pé e tentar decidir o que fará a respeito do cofre secreto. Depois do que aconteceu ontem, ele deu a Narelle esse direito. Há um sol de verdade lá fora, ela tira o agasalho. Pensa nos conhecidos que poderiam lhe ajudar; todos parecem inapropriados, exceto Justin, que apesar do seu comportamento é dos poucos nos quais ela pode confiar e, no pequeno grupo dos confiáveis, o único com quem não dormiu e por isso não lhe custará o preço emocional de um pedido incomum. Pega o celular, seleciona na memória do aparelho o contato Justin, chama. Toca uma vez, toca a segunda, e na terceira ele atende. "Oi", diz Justin. "Fomos excessivas com você...", sua voz sai mais fraca do que intencionara, "foi uma dessas coisas de momento que não dá pra evitar... Desculpe. Estou sendo sincera: me desculpe..." Ele fica em silêncio. "Pois é. Então... Justin... além dessas desculpas que eu acabo de te pedir... é porque não tem ninguém mais a quem eu possa recorrer, estou ligando pra pedir um favor... Sei que é meio cara de pau da minha parte e pode ser que pareça meio bizarro pra você, mas tem justificativa. Preciso que você me ajude a abrir um cofre desses pequenos que está chumbado numa das paredes do apartamento onde o meu irmão mora. Acho que não deve ser difícil. É um cofre do tipo pequeno. Não deve ser muito difícil...", receando que ele desligue. "Você acha?", é o que ele diz. "Daí pensei se você não poderia encontrar alguém pra mim... alguém especializado. Que pudesse manter a discrição... e fosse rápido...", propositalmente suave. "Narelle, Narelle, Narelle... Vocês, estrangeiros, chegam aqui achando que a boa vontade australiana não tem fim, que autoriza vocês a fazerem tudo o que querem... Mas diz, Narelle, diz sem pensar: Bernard vai estar presente nessa abertura do cofre?" Vai tripudiar, ela pensa. "Ao menos ele deu autorização? Seja sincera." Não há como impedir que ele assuma o controle. "Pois é...", responde desanimada. "Então, neozelandesa, esquece. Não quero problemas com seu irmão. Não quero problemas porque eu... ah, lembrei: porque eu não quero problemas com neozelandeses em geral...", imitando a locução de quermesse comum entre radialistas de FM do leste do país. "Justin... eu realmente preciso que você me ajude... Aconteceu uma coisa muito estranha ontem, e agora eu preciso descobrir o que tem dentro desse cofre. Lembrei daquela vez que você me contou que a imobiliária teve que chamar um sujeito pra abrir o cofre duma das casas que vocês estavam vendendo e que você ficou impressionado com a facilidade com que se pode abrir um desses cofres do tipo doméstico. Não vou te colocar em encrenca, juro... Se houver complicação, assumo toda a responsabilidade", apelando. "Não me faça chorar... Você está parecendo comissária-chefe de cabine da Qantas Linhas Aéreas em final de carreira", implica, "preciso pensar... O que você está pedindo não faz parte da minha rotina. E vou avisando: se eu embarcar nessa vai ser pelo gosto de te ver me devendo um favor..." Ela não se surpreende. "Acho bem justo, pra ser sincera." "Faz assim, tira uma foto com seu celular e manda agora pro meu. Ligo pra você à noite. Certo?" Narelle se pergunta se Justin teria sido mesmo sua única escolha e, depois de uns segundos, responde um sim seguido por então um beijo, tchau e obrigada, sem saber se ele já tinha desligado. Põe o celular em cima do sofá-cama, caminha na direção da claridade solar enfeixada sobre a área de assoalho na sua frente, a claridade que ainda irradiará daqui a minutos, inevitável, e quando será difícil erguer os olhos e se olhar no espelho.

Duas e meia da tarde. Nick vem até o salão menor avisar que uma mulher chamada Lakini está à sua espera. Narelle diz que a atenderá assim que terminar a conversa com os representantes do sindicato a que nove dos catorze funcionários do Paddington Sour são filiados. Os três chegaram sem avisar, indagando sobre a possibilidade de seus colegas não receberem o pagamento. Narelle não tinha ideia de que os salários eram pagos semanalmente, não tinha ideia de que seria submetida a cobranças trabalhistas, nenhum dos empregados lhe dissera nada nesse sentido até aquele momento. Explica o que está acontecendo, garante que, caso não haja dinheiro suficiente em caixa, tirará do seu bolso o pagamento desta semana. Os três se mostram satisfeitos e, como se fizesse alguma diferença, se dizem solidários, pondo o sindicato à disposição dela, inclusive pra orientá-la se tiver problema com algum funcionário que ainda supondo a iminência de bancarrota, foi o termo que um deles usou, se torne pouco disposto a colaborar. Comentam que nesse ramo de bares e restaurantes é preciso não perder de vista o espírito de cooperação. Ela pergunta se pode fazer mais alguma coisa por eles. O que se apresentou como diretor encarregado do relacionamento com patrões pede uma rodada de café e alguns minutos pra falar com os empregados. Narelle então se levanta, diz que providenciará café e uns biscoitos e voltará quando eles estiverem de saída, vai até o salão principal, avista Lakini. Ela está em frente a um dos quadros que decoram a parede oeste do Paddington Sour. "Olá", à distância e como se precisasse reconhecê-la melhor. "Oi", Lakini devolve o cumprimento, virando-se pra ela. "Que surpresa...", sem chegar à cordialidade. "Desculpe. Sei que deve ser estranho... eu aparecendo aqui... assim: do nada... Mas tinha que falar com você. Prometo ser rápida, não quero incomodar." Narelle se aproxima: o tailleur que Lakini está vestindo a deixou bastante diferente da pessoa que conheceu na noite anterior. "Como você me encontrou?" Poderia ser menos direta, mas não está com disposição pra isso. "Trabalho a duas quadras daqui. Ontem notei que você estava com a camisa de funcionária do restaurante e, como sou quase vizinha, decidi arriscar. Eu mesma fiquei surpresa quando perguntei se tinha alguma Narelle trabalhando aqui e o empregado respondeu que sim, que era irmã do dono e estava dirigindo o Paddington Sour no lugar dele." Narelle faz sinal pra ela interromper o que está dizendo e sentar. Lakini entende a sugestão, puxa a cadeira que está à mesa mais próxima, senta. "Quer beber algo? Suco, café, refrigerante?", oferece. "Não, obrigada, porque como eu disse..." Narelle se atravessa. "Não quer incomodar, entendi", puxa a cadeira que está a outra mesa próxima e apenas apoia as mãos nela. "É sobre minha irmã", Lakini não espera. "Sua irmã, Anna", involuntária. "Sim. Ela é uma pessoa maravilhosa que precisa se esforçar muito pra interagir com os outros. Ela gostou de você... Eu ainda não tinha visto Anna ser tão espontânea com alguém, ainda mais com uma desconhecida", e põe, cautelosa, um cartão de visita sobre a mesa. "É difícil explicar, pedir... mas se você pudesse tentar encontrar com ela um dia... passar uns minutos com ela... Nesse cartão estão os meus números de telefone e também o e-mail", oferecendo a Narelle. "Não sei como lidar com alguém como a Anna...", Narelle pega o cartão. "Eu entendo... Bem, não quero mais tomar seu tempo", e se levanta. Narelle se levanta também, está aliviada com a rapidez da conversa. "Anna levou anos pra aprender a ler e, mesmo desenhando como poucas pessoas conseguem desenhar, ainda tem dificuldade pra escrever. Não é fácil, mas ela é corajosa... Ela diz que eu já tenho o meu pai, que o nosso pai é por enquanto só o meu pai e que agora ela precisa encontrar o pai dela, sentir o pai dela e não apenas viver com as minhas traduções de afeto. Estamos as duas perdidas neste novo passo que ela resolveu dar. Desculpe...", e então sorri desarmada, ficando mais parecida com a mulher de quem Narelle se lembra da véspera. Narelle olha pros lados, recusando cumplicidade. Wander, o chefe dos barmen, passa pela porta principal do Paddington Sour dando boa-tarde aos presentes (costuma chegar mais cedo pra conferir o estoque do bar com Nick). Aproveitando o ensejo proporcionado pela entrada do funcionário, diz que precisa voltar a seus afazeres, o que é verdade mas soa bem estranho.

O advogado, um sujeito dos cinquenta pros sessenta anos com óculos redondos sem aro, é do tipo carismático que consegue arrancar gargalhadas de qualquer um no momento em que desejar, inspirando confiança imediata e fazendo desaparecer da vista do opositor as prioridades de quem representa (uma gincana mental que Narelle compreende). Embora não esteja usando gravata, conserva a sobriedade autoafirmada dos advogados bem-sucedidos. Neste instante detalha sua receita de Long Island Iced Tea, garantindo que o segredo da preparação do drinque, que de chá gelado só tem a aparência, é misturar meia dose de rum, jamais uma inteira, e duas doses de gim, mantendo as doses tradicionais de vodca e tequila, e adicionar Coca-Cola Zero no lugar da normal e gelo picado no lugar de gelo em cubos. Narelle o escuta como se ele não fizesse parte do embaraço causado por Bernard, está prestes a eleger esta a melhor conversa que teve desde que chegou a Sydney quatro dias atrás. O advogado termina de falar de bebidas e emenda uma digressão, que parece inoportuna mas que aos poucos vai se justificando, sobre o quanto uma simples liquidação de empresa pode ser muito pior e muito mais traumática do que a mais complexa das falências, principalmente quando envolve muitos sócios, e conclui que por esse ângulo estar na condição de falido quando os valores devidos são altos contudo não astronômicos não deixa de ser uma sorte, sem nenhuma ironia ou cinismo. Narelle diz que o otimismo dele a conforta, mas diz também que não poderá lhe dar informação alguma além das já prestadas. Ele sorri, diz que está tudo bem, que o fato de representar o grupo de credores que se habilitou no processo falimentar ainda na manhã de ontem não significa que não possam estabelecer um diálogo sem a moldura bélica usual e assegura que ela está se saindo muito bem, que os primeiros dias são os mais tensos não apenas pro que faliu ou pros mais próximos dele, mas pra todos. "É preciso entender o quadro, a novidade, por menos agradável que seja, é preciso controlar a própria irritação, o nervosismo... É preciso deixar que os outros entendam também. O tempo resolve tudo, moça. Isso a vida jurídica me ensinou", elucubra. "O tempo é uma variável bem descontrolada quando se trata de questões familiares, doutor..." Nick se aproxima, faz sinal de que abrirá as portas do restaurante. Narelle concorda com um gesto de cabeça. "E isso tudo que o senhor está vendo aqui, ao menos pra mim, se tornou uma questão familiar", encara-o pra que perceba a contradição. "Tenho certeza de que Bernard lhe é e será muito grato por estar aqui segurando as pontas. Não é sempre que encontro uma demonstração tão evidente e harmônica de união familiar", pega o celular e consulta as horas. "Engano seu, engano mesmo." O advogado sorri. "Estou aqui porque não sabia que Bernard estava prestes a falir. Isso tudo é pesado demais pra mim. Sou evasiva demais... Imagine só... administrar um restaurante... Não, não é pra mim", com um sorriso autoindulgente. "Gosto do seu vocabulário e da sua postura, Narelle, meus dois filhos devem regular de idade com você, mas não têm essa sua segurança... essa... Deixa pra lá. São esportistas... outro tipo de pessoa", ajeitando os óculos no rosto. "Tive a melhor das criações, só não tive a esperteza de aproveitar.", ela confessa. "Sou de uma família de médicos-cirurgiões, o único advogado. De certa forma, eu me sinto aliviado pelo fato de nenhum dos meus filhos ter seguido o direito. Médicos, advogados, seres peçonhentos, não é o que dizem?", ele brinca. "Onde essa conversa vai acabar, doutor?", pensando em perguntar o que um advogado do gabarito dele está fazendo aqui, destinando suas horas de trabalho à falência de um estrangeiro proprietário dum restaurante mediano da Oxford Street. "Acredito em diálogos e entendimentos. Quero que você saiba que meus clientes e eu vamos facilitar as coisas pro seu irmão sair o quanto antes dessa situação ruim." "Pois é... Acho que é essa a parte que escapa um pouco da minha competência.", ela diz. "Entendo...", ele olha de novo pro celular, "acho que estamos desempenhando bem nossos papéis." Ela desvia o olhar do rosto dele, acompanhando a movimentação dos funcionários. O Paddington Sour está aberto. "Anteontem, quando passei a tarde aqui e não fazia ideia do que estava pra acontecer, me pareceu tão óbvio o momento em que um dos funcionários escancarou aquela porta e deixou ela aberta pros clientes entrarem... Não sei o que lhe dizer... Estou onde estou, ocupando o lugar de outra pessoa." O advogado se levanta. "Entendo..." Haverá mais alguns minutos de conversa e quando ele deixar o restaurante, logo depois que passar a Narelle seu e-mail pessoal e lhe dizer que está à disposição pra esclarecer eventuais dúvidas, ela ajeitará os papéis no escritório e sairá assim que garantir a cada funcionário que seu telefone ficará ligado e que amanhã antes de se dirigir ao restaurante irá ao banco pegar os cheques que mandou imprimir especialmente pra pagá-los. O Paddington Sour está aberto, e pra eles isso repercute de modo diferente do que repercute pra ela.

Pegou um ônibus até o centro, desceu na esquina do Museu da Cidade, entrou numa loja de cosméticos da qual já fora cliente assídua, comprou uma base especial pra passar no rosto e outra pra passar nos braços, pediu a uma das vendedoras que aplicasse o produto nas lesões, especialmente nas do pescoço, que para ela eram mais difíceis de visualizar, saiu satisfeita da loja, caminhou sem rota predeterminada, preferindo as ruas de menos movimento. Agora está nessa nova loja da North Face que abriu no centro, atrás dum modelo de jaqueta pra meia-estação que viu na semana passada na filial de Covent Garden em Londres, seu telefone toca a música do Plaid. "Oi. Quem é?", passando os olhos nas mochilas que estão expostas na entrada. "Oi, Narelle, aqui é o Ringo, pode falar?" Era o que faltava. Ser descoberta pelo Ringo depois de quase um trimestre fugindo dele, das suas investidas por e-mail, SMS, vários recados deixados no correio de voz. Isso foi há mais de ano e meio. Poderia simplesmente desligar na cara dele, porque saiu do restaurante justo pra se distrair um pouco. Ficara com ele um fim de noite no apartamento recém--inaugurado dum casal de amigos em comum, quando sobraram os quatro e o casal começou a trepar na cozinha; eles foram pra sacada olhar as estrelas, e Ringo, que estava bêbado, envolveu sua cintura e logo desceu a mão até sua bunda e ficou apertando dum jeito gostoso, e ela o beijou mesmo sabendo que ele tinha namorada, uma produtora de cinema muito bonita que tinha a maior fama de não respeitar os maridos das outras e com relação a quem Narelle não se sentia obrigada a seguir nenhum limite ético, estavam ali e ela chupou o pau dele até que gozasse na camiseta dela dizendo que se ele se comportasse, porque ela também estava bêbada, e não contasse pra ninguém o que aconteceu, ela ia deixar ele pagar o favor na mesma moeda. Ringo se apaixonou, essa foi a grande surpresa, terminou com a namorada, passou a cercar Narelle na esperança de conquistá-la. "Oi. Há quanto tempo, Ringo... O que tem feito da vida?", admitindo pra si mesma que é normal uma pessoa se encantar por outra e eventualmente perder a noção. "Nos últimos dez minutos? Seguido você." Ela se vira na direção da porta de entrada e, como não poderia deixar de ser, ele está lá, desligando o celular e o guardando no bolso, meio tentando sorrir e não conseguindo por estar provavelmente nervoso ou com alguma quantidade considerável de ódio acumulada. Ele entra na loja. Ela permanece onde está. "Não é curioso? Estava pra pegar o metrô e ir pro aniversário dum colega de trabalho quando parei na banca de revistas e te vi caminhando do outro lado da George Street. E aí...", todo animado. Mas ela o corta. "Aí resolveu me seguir." Ele tira o celular do bolso, parece não saber exatamente onde colocar as mãos. "Levei um tempo pra lembrar o seu número. Tive de apagar dos contatos pra parar de te ligar cada vez que bebia", e fica com o celular levantado, como se tentando transferir parte da responsabilidade ao aparelho. "Sabe o que mais gosto em você, Ringo? Essa sua sinceridade", e sorri irritada. "Desculpa, quis apenas dizer um oi e também que exagerei aquela vez quando disse que você poderia ser a mulher da minha vida... se quisesse..." Tira a carteira do bolso de trás da calça, abre, pega o ingresso da palestra somente pra convidados que um designer italiano que ela tanto admirava deu no Museu de Arte Contemporânea, uma palestra à qual ela quis muito ir. "Eu disse que ia conseguir pra você...", fecha a carteira, devolve ao bolso. "Por que você não me avisou?...", desolada. "Conseguir o ingresso foi a primeira coisa que fiz depois que você me disse, por acaso, na quarta ou quinta ou sexta vez que me dispensou. Pedi pra minha prima, que estava na produção das palestras. Insisti tanto que ela me cedeu o dela, eram só quarenta lugares na sala, apenas cinco assentos pros organizadores. Assim que fui até lá buscar, mandei um SMS. Depois mandei uns dez, liguei sei lá quantas vezes. Você não atendeu, não ligou de volta... Foi brutal, foi deselegante..." Narelle leva a mão direita à testa, queria dizer algo engraçado ou espirituoso, não consegue. "Tinha esquecido o seu número, Narelle, e agora que lembrei vou ter que esquecer de novo..." Ela ainda em silêncio. "Seria legal você ir num médico, se é que ainda não foi. Mesmo assim é bom te ver. Você continua bonita..." Ringo, você nunca será do tipo negligente (e se entristece por ele). "Foi bom te ver", ele diz. Ela fica segurando o ingresso. Ele lhe dá as costas e sai da loja.

Desce do metrô em Newtown, onde tantas vezes desceu pra ir aos shows no Enmore Theatre. Sai da estação, atravessa a King

Street pouco antes da bifurcação com a Enmore Road, para em frente ao mural de avisos da prefeitura, onde casais, geralmente casais brigados querendo reatar, colam sobre o vidro de proteção do painel (portanto sobre os comunicados de interesse público das associações civis, órgãos administrativos, autoridades políticas locais) pequenos recados como este que Biscoito de Aveia escreveu pra Porquinha Sha: "Porquinha Sha, TE AMO. Por favor, me perdoa. Esse Aveia está arrependido e louco de saudade de você. Vamos esquecer o Doug. ME ENCONTRA NO CARLYLE no sábado (22)? Beijo. Do: Biscoito de Aveia, com amor!!!". O mural sempre foi uma espécie de altar pra Narelle, uma prova de como podem ser os descomedimentos da vida, de como algumas pessoas não temem riscos (muitos não ficam apenas nos apelidos, usam os próprios nomes e sobrenomes, assinam, colocam fotos); não consegue sair da estação sem adorá-lo. Caminha até a livraria onde marcou de se encontrar com Justin quando ele telefonou dizendo que tinha localizado o sujeito do cofre e que seria bom irem os dois até o endereço dele, o único lugar onde disse que conversaria. O lugar está cheio, há umas trinta pessoas na calçada. É o lançamento do livro de ficção científica duma escritora de dezoito anos chamada Alethea, foi o que um conhecido seu, um conhecido de vista, integrado a um dos grupos que se formaram na calçada, lhe disse depois de abordá-la de surpresa, dando-lhe um abraço efusivo que ela retribuiu mesmo não tendo ideia de onde exatamente se conhecem nem qual pode ser seu nome. Aproxima-se da porta pra tentar encontrar Justin, não o vê, provavelmente ainda não chegou. Quando o garçom passa com a bandeja oferecendo vinho branco, refrigerante e suco que parece ser de laranja, ela pega um copo de suco. Sim, de laranja. Volta pra perto do grupo onde está o conhecido/desconhecido. Ele pede licença à menina que está ao seu lado, pega o livro da mão dela, entrega a Narelle. O título é *Desenhos lunares*. Narelle diz que *Desenhos lunares* é um bom nome de livro. Ele replica que o título não faz jus à profundidade da história. Profundidade da história? De onde esse cara saiu? Termina o suco, aproveita a passagem do garçom pra devolver o copo e folhear o livro. O conhecido/desconhecido conta que foi uma das pessoas que revisaram o primeiro tratamento do romance e que chegou a sugerir algumas mudanças, que a história é sobre um futuro indeterminado em que há máquinas sensoriais capazes de fazer a pessoa simular com o máximo de realismo as sensações de qualquer experiência humana, inclusive as sensações do sexo, das preliminares ao orgasmo, diz que, numa brincadeira feita às escondidas dos professores e dos pais, crianças muito novinhas, de cinco, seis, sete anos, se submetem a tais máquinas, máquinas que deveriam ser utilizadas exclusivamente por adultos com faculdades mentais plenas (enfatiza como se ela fosse uma retardada e não estivesse entendendo o que ele está narrando), esse uso irregular provoca uma alteração brusca de comportamento nessas crianças, a maioria passa a se sentir inexplicavelmente mais segura e amadurecida, outras, porém, ficam chocadas por não saberem lidar com aquela avalanche de sensações, os adultos descobrem, o governo decide abolir a máquina, mas sua fabricação e seu comércio prosseguem na clandestinidade, dez anos depois da invenção da máquina começa uma guerra entre os que aprovam seu uso sem limites, com o propósito de fundar uma nova civilização, e os que resistem à mudança da ordem, a heroína se chama Alethea, o mesmo nome da autora, é uma garota de uns dezesseis anos que nunca experimentou a máquina e lidera um grupo que está pesquisando uma forma de apagar as experiências por meio duma amnésia seletiva induzida pra ser aplicada em adolescentes de até catorze anos. Narelle pede que ele não conte tudo. Ele diz que ela precisa comprar o livro e toca no seu braço, afirmando que Justin não vai demorar muito. Pega de surpresa, Narelle pergunta se ele é amigo de Justin. Ele responde que já há alguns anos e entrega que Justin ligou mais cedo pra saber se ele iria ao lançamento e pedir que fizesse o favor de conversar com Narelle, caso Narelle chegasse antes dele, e garantisse que ela não ficasse deslocada. Sentindo-se a boba da história, Narelle agradece sua generosidade, entrega o livro na mão dele, vai em direção ao caixa da livraria, compra um exemplar do *Desenhos lunares*, avista um banquinho livre no fundo da livraria, passa indiferente pela fila de autógrafos, acomoda-se praticamente de costas pra toda aquela agitação, o tipo de algazarra que só pessoas na faixa dos vinte anos conseguem produzir, senta, começa a ler o início e depois trechos aleatórios do romance. "Por causa da perda da esposa e das duas filhas num desastre de automóvel, o engenheiro físico Mehli Ajatashatru passou a se dedicar à criação de uma máquina sensorial capaz de enviar ao cérebro humano a vivência dos que se acidentaram e ficaram dias no setor de tratamento intensivo dos hospitais e nos outros estágios de recuperação física e psicológica. O projeto foi concluído com sucesso, todos os que foram submetidos à máquina passaram a dirigir com muito mais responsabilidade por terem compreendido o trauma e os sacrifícios que enfrentariam no caso de acidente de grande proporção. Os legisladores determinaram o uso obrigatório da máquina para todos os que pretendessem obter licença para dirigir. Ficou determinado que os futuros motoristas deveriam se sujeitar a no mínimo doze sessões na máquina. Muitos se opuseram, denunciando que se tratava de uma forma de tortura psicológica, mas como o número de acidentes automobilísticos caiu significativamente o governo manteve a exigência. Passaram-se alguns meses e logo apareceram as variações: sinta o mesmo que um atleta de elite sente durante uma final de Jogos Olímpicos, que um piloto sente ao entrar em loop com seu avião de acrobacias, que um bombeiro ao resgatar as vítimas de um prédio em chamas, que uma pessoa fazendo sexo com outra muito atraente." Um desses livros de nerds, Narelle pensa, e se levanta pra ver se Justin já está por ali. Nada. Tenta uma página mais do meio pro final. "Conrad nem terminou de explicar como seria o plano de captura de Nara, e Alethea já estava com o braço erguido requerendo um aparte. Todos ali sabiam que o plano dela seria melhor, que provocaria menos baixas do lado dos volitivos. Todos daquele grupo eram corajosos, mas ninguém queria morrer desnecessariamente, todos sabiam que, mesmo sendo uma jovem fisicamente frágil, ela era a mais esperta sentada à mesa." E salta pro fim. "Caminhou até a aglomeração de abutres. O aterro de lixo havia triplicado de tamanho desde que a guerra começara. Deixara que a disputa se tornasse uma questão religiosa, por isso sabe que tinha falhado. Procurou até encontrar os corpos das onze meninas. Olhou para cima, o céu era o mesmo de antes, antes de se iniciar aquela luta terrível. Virou-se para Sieber e disse que transformaria toda aquela área em local sagrado. O cheiro pútrido não a incomodava mais, ali também era sua casa, onde os inimigos se deram o trabalho de largar os corpos das suas melhores combatentes, onde" Alguém toca no seu ombro. "Sua pele está horrível, a maquiagem é boa, mas sua pele... Minha nossa...", diz a voz idêntica à voz de Trixie. Narelle se vira: é Trixie. "O que você está fazendo aqui?", Narelle pergunta. "Sou amiga da autora", e olha pra trás apontando com o dedo indicador. "Meu Deus, todo mundo é amigo da garota, e eu nunca ouvi falar dela", fechando o livro e colocando na bolsa. "Narelle, você não vive aqui, você só passa algumas semanas do ano aqui. Acho normal não ter ouvido falar dela. Bem... ela é uma dessas figuras com alto índice de popularidade na internet, e aqui em Newtown nem se fala, tem um blog que todo mundo segue, páginas de fãs, musa dos hipsters, essas coisas..." "E só tem dezoito anos." "É, Narelle, alguns são mais prodígios do que outros...", e faz sinal pra irem lá fora. Narelle se levanta e dessa vez passa observando Alethea, o jeito blasé de falar com as pessoas que a cercam e disputam sua atenção, visivelmente entusiasmadas. "Tem um topo do mundo muito peculiar quando se tem dezoito anos, não tem?", diz, mas Trixie não a escuta, ganhou a frente (na verdade, está bem à frente) como se quisesse passar duma vez sem que a escritora pudesse percebê-la. Narelle fica detida pela aglomeração dentro da loja, em particular por causa de três meninas que acabam de se encontrar diante dela e começam a cumprir o ritual do puxa-saquismo recíproco que chama a atenção dos que estão ao redor e jamais se estende por mais de minuto. Contorna as três meninas, volta à calçada. Trixie está segurando dois copos com água. "Já não tenho idade pra esse tipo de ajuntamento", diz, e pega um dos copos. "E por que veio?" "Justin propôs que a gente se encontrasse aqui." "Justin? Você vai se encontrar com Justin, Narelle?" "Muita coisa aconteceu desde que nos vimos ontem, Trixie. Não consigo falar com Bernard. Ligo pra ele a cada meia hora na esperança de que vá atender, mas o celular está desligado. O síndico do processo de falência é um psicopata. O Paddington Sour virou uma espécie de embaixada estrangeira em zona de guerra. E..." Trixie leva o dedo indicador à boca de Narelle. "O.k., o.k. Mas o que você está fazendo aqui?" "O síndico descobriu um cofre secreto no apartamento do Bernard. Justin ficou de me ajudar a encontrar um cara pra abrir o cofre. Sei que eu não deveria fazer esse tipo de coisa, mas Bernard simplesmente sumiu", toma um gole, olha ao redor, faz contato visual com o conhecido/desconhecido, mas não se dá o trabalho de perguntar a Trixie se ela sabe quem é. "E seus pais?", Trixie pergunta. "Fixei pra mim até segunda... Se Bernard não der sinal de vida, aí sim, recorro aos oráculos." "Só acho que você podia ter pedido ajuda pra outra pessoa. Justin é a roubada das roubadas." "Como você já disse, Justin é um metido, mas não acho que seja uma roubada", confere as horas. "Mas e aí... Me conta de onde você conhece a garota prodígio", bebendo o resto da água do copo. "É uma história longa, não me sinto bem falando dela, ainda mais sabendo que Justin vai chegar a qualquer momento." Narelle percebe que agora sim o humor de Trixie mudou. "Sabe aquela vez que te falei que não estava conseguindo esquecer uma pessoa?", entristecida. "Ano passado. Sim. Lembro." "Era Alethea. Ficamos juntas um mês e meio. Dezessete anos, inteligente, inquieta, aquele rosto de destroçar corações escondido atrás de óculos masculinos, precisando dum lugar pra ficar umas noites porque tinha acabado de brigar com a namorada... Dei acolhida, me empolguei, caí feito uma patinha... Essa menina é um precipício... Ainda não tirei ela da cabeça... Cheguei a dar minha opinião sobre o livro quando ela me mostrou o rascunho..." Narelle a interrompe. "Parece que todo mundo aqui é coautor do livro", ataca. "Como assim?" "Deixa pra lá. Besteira", pegando o copo da mão de Trixie, despejando a água no seu, tomando o resto. "O que me impressiona é que ela é tão adulta... Veio de Camberra. Meio que fugiu da mãe alcoólatra, que ficou com suas duas irmãs menores. Diz que precisa ser conhecida e importante e conseguir ganhar dinheiro duma vez pra arranjar um lugar e poder tirar da mãe a guarda das irmãs." O garçom passa, Narelle devolve os copos vazios, pega duas taças de vinho branco, entrega uma delas a Trixie. "Não aceito recusas, Branquela." Trixie concorda. Brindam, bebem em silêncio até Justin chegar.

Ele termina de contar como convenceu o editor a publicar o livro de Alethea, uma novata, e pagar pra ela um valor de adiantamento que só escritores com certo prestígio no mercado conseguiriam, enquanto caminham pela King Street na direção da

Darlington Road, onde marcou com Oliver, o sujeito que abrirá o cofre. Narelle não diz uma palavra, não gostou nem um pouco de esperá-lo por quase uma hora, não gostou de saber que convidou Alethea pra morar com ele e ser a sua nova namorada depois que ela deu um pé na bunda de Trixie e, porque quando se trata de Justin nunca se sabe quando o show vai acabar, que foi depois de ser a namorada satisfeita dele por quase quatro meses que ela, a mais nova ficcionista do mercado editorial australiano e como se isso fosse um grande acontecimento da humanidade, passou a andar só com garotos formadores de opinião nas redes sociais, no mundo indie, nas revistas eletrônicas que acabarão sendo lidas nos centros e editorias da língua inglesa que realmente importam, e se tornou uma exploradora implacável de garotos formadores de opinião nas redes sociais, no mundo indie, nas revistas eletrônicas que acabarão sendo lidas nos centros e editorias da língua inglesa que realmente importam, perdidamente apaixonados por ela. Trixie não conseguiu ficar ali mais que cinco minutos depois que ele chegou e foi recepcionado por todos: do sócio majoritário da editora que publicou *Desenhos lunares*, uma das mais importantes da Austrália no momento, ao tal conhecido/desconhecido a quem Narelle fez questão de não mais se dirigir. Já no segundo minuto da chegada dele, as duas se deram conta de que marcou com Narelle no lançamento do livro porque sabia que Trixie não conseguiria se controlar e daria uma passada por lá, mesmo que sorrateira; sim, ele precisava vê--la se humilhando da forma mais matadora, e submissa, possível. Ocorreu a Narelle, instantes depois de Trixie ir embora, que o tal conhecido/desconhecido estivesse monitorando as duas o tempo todo pra que Justin pudesse chegar no momento certo e dominar o ambiente; foi quando resolveu ficar quieta. "Não sei quanto ele vai cobrar. Posso ajudar se você não tiver dinheiro. Deus sabe o quanto vai ser difícil pra muita gente conseguir dinheiro nos próximos dias", complementa. "Não se preocupa. Você já está fazendo muito", Narelle diz, "além do quê, tenho minhas economias, você ficaria espantado se visse a enorme habilidade que tenho pra economizar." Andam em silêncio até o endereço indicado, um sobrado vizinho a um restaurante sul-coreano. "É aqui", e aponta de modo redundante. Tocam a campainha. Um jovem gordo de vinte e poucos anos abre a porta. "Oi, Justin. Oi, moça. Entrem. Vamos falar lá em cima no meu quarto", coloca-se de lado pra eles passarem, indica as escadas, fecha a porta e os segue. "É no quarto com a porta aberta." Justin entra, Narelle o acompanha. "Então, Oliver", Justin se adianta, "quanto vai nos custar?" O rapaz faz sinal pra que se acomodem nos dois banquinhos ao lado da mesa do computador e senta na cadeira giratória sobre a qual há uma calça jeans largada. "Fiquei meio sem saber quanto cobrar. Não é comum abrir um cofre da forma como vocês estão querendo. Tem todo um procedimento que a nossa empresa costuma seguir quando fazemos abertura de cofres sem uma ordem judicial ou sem uma autorização da polícia", e pega a filmadora que está em cima da mesa do computador. "Por causa disso, vou precisar duma declaração sua, moça", já passando às mãos dela uma folha onde há algo escrito, "preciso que leia e tente repetir o que está aí, completando com o seu nome e o do seu irmão. Vou precisar que você fique bem aí do lado dela, Justin... Desculpe, mas é minha garantia de que não estou fazendo nada ilegal ou de que pelo menos terei uma chance de defesa caso dê alguma confusão. Vocês entendem." Narelle desvira a folha, que está de cabeça pra baixo, lê. Lá diz que ela é proprietária do cofre junto com seu irmão que está fora da Austrália, fora e incomunicável no momento, e é o único que tem a senha, e que ela autoriza Oliver a abri-lo por não poder esperar, diz também que Justin será testemunha da regularidade do serviço e que o serviço em si será executado pelo preço de quinhentos dólares. "Como ele sabe que meu irmão está incomunicável, Justin?", Narelle leva a mão à boca como se isso fosse garantir que Oliver não ouviria sua pergunta. "A única forma de contratar um serviço desses é abrindo o jogo, Narelle", Justin argumenta. "Em momento nenhum eu disse a você que ele estava incomunicável", ainda mantendo a mão próxima à boca. "Liguei pro Paddington Sour e falei com o Nick", diz. "Ah, Nick. Desgraçado...", pragueja, evitando olhar na direção de Oliver. "Se aceitarem minhas condições, posso fazer o serviço na segunda-feira cedo pela manhã... Só tem uma coisa: fora os quinhentos, eu vou cobrar mil dólares pelo deslocamento até o seu endereço... E esse valor vai ter que ser pago antes de eu começar o serviço." Narelle não se surpreende, sabia que quinhentos dólares seria barato demais, o problema é outro. "Posso pensar e dar a resposta amanhã?", ela pergunta. Oliver olha pra Justin. "Pensei que você estivesse decidida, Narelle", Justin diz, sem deixar de olhar pra Oliver. Narelle percebe o absurdo da situação, percebe o quanto está se expondo ao aceitar a exigência de gravar naquele momento e daquela forma a autorização escrita pelo tal Oliver; com a declaração, Oliver se livra, mas contra ela fica o registro de que está cometendo um sério crime de falsidade ideológica ou de indução a erro ou seja lá como o mundo jurídico chama o que está prestes a cometer. "Desculpa, preciso pensar melhor. Tenho certeza de que amanhã vou ter a resposta." Oliver e Justin continuam se encarando como se Narelle não estivesse ali. "Vou estar o dia todo muito ocupado amanhã e não vou estar em Sydney nem no sábado nem no domingo. E, como eu já disse antes, Justin", inquisitório, "sob nenhuma hipótese vou tratar desse assunto por telefone", só agora olha pra Narelle. "Tudo bem...", Justin abre a carteira e tira quinhentos dólares, "aqui está o pagamento pelo serviço, sem a taxa de deslocamento, é claro. Se ela desistir, o dinheiro é seu, sem problema, fica a título de multa contratual", e passa o dinheiro a Oliver. "O que você está fazendo?", Narelle se opõe. Oliver separa trezentos e tenta devolver o resto a Justin. "Fico com vinte por cento do valor. Vinte por cento é um percentual mais que razoável..." Mas Justin recusa. "O que vocês dois estão fazendo?", e levanta do banquinho. "Fique com os quinhentos, tenho certeza de que ela só precisa pensar um pouco", ainda como se Narelle não estivesse ali, "amanhã à noite te damos a resposta. Você vai estar aqui amanhã no começo da noite, não vai? Podemos dar um jeito. Imagino que você estava querendo já ter a declaração dela gravada e guardada num lugar seguro antes de se deslocar até o endereço do cofre, afinal como você mesmo disse: é uma garantia. Respeito quem age como um espião paranoico, eu mesmo me considero o maior paranoico de todos os paranoicos que conheço. Não se preocupa, Oliver, a gente dá um jeito, fazemos a gravação por nossa conta, até com uma iluminação melhor que esta, deixamos tudo certo... Como ficar melhor pra você." Narelle acompanha sem reagir. Oliver junta os duzentos com os trezentos, deixa as cédulas sobre o teclado do computador. "Obrigada pelo seu tempo, Oliver. Desculpe minha hesitação. Podemos ir?", olhando impaciente pra Justin. "Vai na frente, moça. A porta lá embaixo ficou aberta", Oliver diz, e completa, "foi um prazer, moça." Narelle sai da casa, chega a cogitar de ir embora dali sem Justin, mas conta até vinte e se acalma. Justin não leva mais que dez minutos pra sair também. "Vai dar tudo certo", diz logo que põe os pés na calçada. "Você não precisava...", ela o repreende. "Oliver é o melhor, é um cara estranho mas é o melhor. Acertei tudo com ele, vou te acompanhar o tempo todo na segunda. Pensa... Temos até amanhã à noite pra responder." Não há como encaixar as peças: aquele é um Justin completamente diferente do Justin ao qual está habituada. "Quer saber duma coisa? O que me fez hesitar foi me dar conta de que você não precisava estar correndo risco algum por minha causa..." Ele segura a mão dela. "Não sou um cara tão raso quanto você imagina, Narelle." Ela fica sem jeito; e então ele solta sua mão. "Dizem que é impossível ter segredos pra você...", e faz sinal pra seguirem na direção da King Street, onde será mais fácil tomar um táxi. "Não me teste, moça", imitando o jeito empostado de Oliver. Ela ri. "Vamos andando. Podemos pegar um táxi juntos. Passamos num caixa eletrônico pra eu poder devolver os seus quinhentos dólares. Depois te deixo onde você quiser", propõe. "Não quero falar dos quinhentos dólares, foi um risco que assumi", decreta. "Mas...", Narelle insiste. E ele a interrompe. "Falamos sobre isso amanhã quando você me der a resposta", peremptório. "Não vou discutir", ela diz. Começam a andar rumo à King Street. "Queria te perguntar uma coisa, Justin... É sobre saber quando alguém está precisando de ajuda... sabe? Quando alguém te..." O celular dele toca, e ele confere o visor, diz que vai ter que atender. "Fala, Big Boy." E ela vê um táxi entrar na Darlington Road, estacionar logo no começo da via, a uns duzentos metros de onde estão, e o passageiro sair apressado na direção de um prédio em frente ao qual há um homem parado. Não tem certeza se o táxi estará disponível (afinal é quinta-feira à noite, e Sydney fica agitada), mesmo assim acelera o passo e, deixando Justin pra trás, faz sinal.

Operar a máquina maior, a de lavar pratos e travessas, sobretudo por causa da espessura e peso consideráveis dos pratos e travessas que Bernard decidiu usar no Paddington, é bem diferente de operar a menor usada pros copos e taças e que precisa estar cheia pra funcionar com eficiência e é mais rápida e também prioritária já que a rotatividade de copos e taças é especialmente intensa nas noites de grande movimento como a de hoje.

Se o funcionário que estiver lavando não se adequar à dinâmica de cada uma das taças ou trabalhar sem a concentração devida uma delas vai acabar quebrando na sua mão ao passar os dedos (que são tão mais produtivos que a esponja ou os panos) pela borda pra retirar as manchas de batom que não saem apenas com jatos d'água a altas temperaturas. Quando Max, o que ela soube estar ali há poucos dias, deu um talho enorme na mão ao pegar uma taça e foi levado ao hospital mais próximo pra tomar pontos, os três cozinheiros ficaram empurrando um pro outro a tarefa de lavar a louça; o encarregado das saladas, molhos e sobremesas, que seria o substituto natural, alegou que estava com uma crise de alergia e por isso impossibilitado de respirar o vapor quente que fica saindo das máquinas quando abertas; os outros dois o acusaram de estar fazendo corpo mole. Narelle se irritou com aquela demora, pediu a Nick que fosse até o escritório e contatasse algum conhecido seu que pudesse vir até o restaurante operar as máquinas, pagaria o dobro do valor do turno e ainda o deslocamento de táxi. Nick disse que chamaria seu genro. Então ela mesma se pôs a lavar a louça. Na primeira hora, talvez por não estar se movimentando tanto quanto deveria desde que chegou à cidade, foi bom, foi divertido até, mas depois ela pôde constatar o quanto aquilo tudo era enlouquecedor, porque também havia o piso que precisa ser limpo cada vez que o chef solicita, o chef que pareceu não estar nem um pouco disposto a facilitar as coisas pra ela, e os potes que por serem leves e pequenos só podem ser lavados à mão e as panelas e as frigideiras e as jarras de plástico dos molhos. Não eram somente as máquinas e a diferença de espessura e resistência entre os pratos e as taças, era muito mais, era orquestra. Por sorte depois que ela cansou de verdade o genro de Nick não levou mais que vinte minutos pra chegar. Narelle foi até o depósito, pegou uma toalha e uma camiseta promocional duma nova marca de licor tipo creme irlandês e foi até o banheiro, tirou a camisa que ficara ensopada e lavou o rosto, refez a maquiagem da melhor forma que pôde. E agora está junto ao balcão do bar observando os clientes. (O síndico já ligou duas vezes, ela não atendeu.) Max retorna com a mão enfaixada, ela diz pra ele pegar suas coisas e ir pra casa, que provavelmente não precisará vir amanhã. Então ele pergunta se vai ser descontado, porque sua esposa está cuidando da filha recém-nascida e não está trabalhando e as coisas do bebê são caras e ele. Ela levanta a mão pedindo pra ele parar, está tudo certo, no sábado poderá trabalhar catando copos no salão, tem certeza de que mesmo só com uma das mãos ele ainda será muito útil. Ele agradece e segue em direção à sala dos funcionários. Wander se aproxima, pergunta se ela quer beber alguma coisa. Ela diz que não e agradece. Dá uma última olhada no casal que entrou no bar logo depois que ela se acomodou ali e até agora não parou de discutir, vai até a entrada principal, diz ao funcionário que está na portaria e cujo nome ela não guardou que voltará dali a pouco, atravessa a avenida, caminha até outro bar, um estabelecimento bem menos movimentado que o seu, pede uma água mineral, pega o cartão de visita que Lakini lhe deixou, pega o telefone, liga. Quando Lakini atende com voz sonolenta, ela se desculpa pelo horário, pergunta se pode falar. Lakini diz que jamais dorme antes da meia-noite, que está surpresa com sua ligação. Narelle admite que até minutos atrás estava convicta de que não ligaria. Lakini pergunta o que a fez mudar de ideia. Responde que não há um motivo especial, talvez aquele abraço de Anna, e ter parado pra pensar melhor a respeito. Atalhando, Lakini pergunta se ela vai aceitar passar algum tempo com sua irmã. Narelle diz que sim. E Lakini pergunta quando ela teria esse tempo. Narelle não se incomoda com a objetividade da outra, pelo contrário, propõe que seja amanhã no início da tarde. Lakini diz ter quase certeza de que amanhã no início da tarde será perfeito pra Anna e, empolgada, claramente empolgada, pergunta se Narelle teria dez minutos pra meia dúzia de instruções.

Teve receio de voltar à Ithaca Road depois de não ter atendido três ligações do síndico. Precisa descansar sabendo que não será incomodada. Por isso foi ao Sofitel Sydney Wentworth, o da Phillip Street perto da biblioteca estadual. Liga a televisão, pega por acaso a parte final da entrevista com o Michael Bublé no talk show do canal nove. Senta na cama king size que tanto adora, sem desgrudar os olhos do rosto dele, das caras e bocas que fazem dele o imbatível Michael Bublé. Ele responde a duas perguntas, fala do show que fará na cidade. O entrevistador pede que cante algo, e pra decepção de Narelle ele cantarola um "Feeling good" que é quase uma ofensa às interpretações já existentes, seja dele próprio seja de qualquer outro artista que se preze, um "Feeling good" que não chega a durar dois minutos. O entrevistador agradece e se despede da audiência, entram os créditos. Narelle desliga a televisão. Põe a banheira pra encher. Reteve o que mais gosta do Michael Bublé e leva praquela temperatura morna. Os minutos passam. Seu rosto contra a borda de louça. Suas mãos pelo corpo, e a certeza de que são suas mãos pelo corpo. O escuro intencional. Um retorno difícil, prossegue na água que esfria; delicada. Minutos. Este arrepio. Quase voz, inapropriado. E para.

No elevador a criança de mãos dadas com a mulher aponta pra Narelle, ela não se maquiou pra sair do quarto, e pergunta se a moça foi picada por um enxame de abelhas iguais às que picaram a tia Betty. A mulher se desculpa pela indiscrição do filho. Narelle diz que está tudo bem e passa a mão na cabeça do menino quando desce no andar acima do térreo, andar que está indicado como mezanino embora não seja exatamente um mezanino nos padrões tradicionais. Não há muitos hóspedes no salão do café da manhã, pode escolher uma das mesas isoladas e não ter de escutar as conversas de executivos que acordam acelerados e mais machos alfa do que nunca, dispostos a repertórios intermináveis de piadas, estratégias, análises e façanhas. Ainda assim, enquanto escolhe o que vai comer, acaba ouvindo esses dois sujeitos. O que tem um sotaque estranho, sotaque de quem não tem o inglês como língua natal, está dizendo ao outro que não deixará herança aos filhos, que eles precisam crescer sabendo que terão de aprender a conquistar sozinhos sua autonomia. Narelle decide preparar uma tigela de iogurte com granola e mel, evita olhar pra eles. O outro diz que o importante é garantir o dinheiro dos estudos e um bom plano de saúde. O do sotaque estranho diz que não facilitar demais é o que de melhor um pai pode fazer pelos filhos. Volta à mesa que escolheu, pensando em como seu pai nunca facilitou pra ela e seus irmãos. Autonomia. Narelle cresceu escutando que precisava ser uma pessoa autônoma. Muitas vezes se sentiu como se mais nada importasse; e foi assim até descobrir que a tarefa somente se completaria quando conseguisse sair de casa e nunca mais voltar (sendo que sair de casa seria simplesmente a escolha de não ter casa). Termina o café, faz o check-out do hotel, pega um táxi até a Ithaca Road mas não entra no prédio, aproveita o sol sentada na escada que dá acesso ao edifício. A previsão é de chuva à tarde. Olha o visor do celular, ainda está marcando as chamadas do síndico. Parece que este é o momento de responder às ligações e saber o que ele quer. "Bom dia, senhor, aqui é Narelle, espero que não seja muito cedo pro senhor..." "Olá, senhorita", responde disciplinado. "Ontem não pude atender suas ligações. Posso ajudá-lo?" Uma turma de turistas madrugadores passa animada em direção ao Beare Park. "Pensei que a senhorita tivesse compreendido a gravidade da situação..." Narelle procura o que dizer, não encontra, a euforia dos turistas, justificando ainda mais aquele sol, toma conta da sua atenção. "Quando eu ligar pra senhorita e a senhorita não conseguir atender retorne o mais rápido que puder." Alguns sacam suas câmeras digitais, o da frente corre apontando para algo que, parece, poderá sair do lugar onde está se ele não se aproximar a tempo. "É o que estou fazendo, senhor.", justifica. "Não, sabemos que não", o tom de voz se altera. "Em que posso ajudá-lo?", suavizando. "O juiz decretou a continuidade do processo... Em outras palavras, disse que está tudo regular até aqui. E assim que analisar os documentos que foram juntados se manifestará sobre a abertura do arquivo que lacrei. Isso acontecerá na segunda. Dificilmente passará da segunda... A senhorita precisa contratar um advogado imediatamente, precisa de um representante nos autos", adverte. "Vou pensar nisso. Obrigada", ainda suave. "Vou ao Paddington Sour no início da noite, quero olhar com calma a movimentação do caixa do mês, vou levar a proposta de acordo de recuperação que o grupo dos principais credores formulou no início da manhã, mas antes vou passar no contador do seu irmão, parece que finalmente ele entendeu que, por causa das peculiaridades deste caso, é tão responsável quanto seu irmão pelas informações que não estão disponíveis como deveriam estar", falando com firmeza. "Estarei lá à sua espera. Só vou pedir o favor de me mandar um SMS avisando o horário em que o senhor pretende chegar." Ele confirma. Desligam. Pensa que terá de passar no banco pra pegar os cheques, que terá de se vestir adequadamente pra isso, e de um segundo pra outro sente como se não tivesse dormido bem como dormiu e, sabendo que não adiantará de nada, liga pra Bernard.

    Já aguarda há vinte e cinco minutos em frente ao prédio da Macleay Street, a via que separa Potts Point de Elizabeth Bay. A senhora que assiste Anna já avisou duas vezes pelo interfone que ela descerá logo. Narelle espera. Quando já está pensando em desistir, Anna aparece na porta do prédio com uma bolsa do tipo pasta portfólio a tiracolo e um desenho numa folha presa à camiseta branca (exatamente como na quarta-feira), desta vez é uma nave parecida com a *Millennium Falcon* do filme *Guerra nas estrelas*, uma *Millennium Falcon* que tenta e não consegue decolar porque está presa por uma corrente a uma formiga que anda na direção contrária, uma espécie de cabo de guerra que ela deve ter copiado sabe lá de onde. Vem se aproximando sem expressão significativa no rosto. "Bom dia, Anna. Está fazendo uma sexta-feira linda, não acha?" Anna fica imóvel, olhando para baixo. Narelle tenta tocar em seu ombro, mas ela recua. "Vamos dar uma caminhada?" Não há reação. "Pensei em irmos até o Rushcutters Bay Park, é aqui do lado... Você conhece?" Anna balança a cabeça em negativa. "Prefiro o Beare Park", e sem avisar dá um abraço agressivo em Narelle. Neste momento Narelle tem diante de si muitas possibilidades, as instruções passadas por Lakini e nenhuma experiência; parece não existir saída mais razoável do que tratar Anna como se estivesse vetada qualquer forma de condescendência entre as duas. "Vamos ao Beare Park então?" E sem perder um segundo Anna sai andando, ganha distância. Narelle rapidamente a alcança. Descem a Elizabeth Bay, dobram na Ithaca Road. (Narelle não diz nada sobre estar morando ali ao passar pelo número seis.) "Por que escrever sobre o seu pai?", pergunta. Anna demora, mas responde. "Ele está doente, é o que Lakini me diz, está doente e eu não consigo ver que ele está doente", impassível. Na entrada do parque, Anna para. "Que aconteceu?" Anna não responde. O parque está praticamente vazio. Desta vez Narelle toma a dianteira. "Vamos sentar ali", e vai em direção ao playground. Anna espera que ela sente pra sair do lugar onde está. Narelle percebe que ela vai demorar, abre o computador, conecta o modem 3G. Anna se aproxima sem pressa, depois fica olhando pra metade vazia do banco. Então senta com a bolsa ainda a tiracolo, retira da bolsa um caderno tamanho A3, abre, mostra o primeiro desenho da série: é um 49er adernando e os dois tripulantes sendo lançados ao ar e ainda presos pelos cabos dos trapézios. "Você se interessa por 49ers?", Narelle pergunta. "Gosto do vento", responde, sem facilitar ângulos de inclinação do caderno pra que Narelle veja melhor. Narelle pega o caderno do colo dela sem pedir licença. "Não toque no desenho, pode tocar na capa do caderno, mas não toque no desenho", Anna pede. "Vou tomar cuidado." Então Narelle observa o desenho. "Isso é uma brincadeira?", Anna pergunta. "Por quê?", diz Narelle. "Porque eu não consigo ver muito bem as brincadeiras. Lakini tem que me avisar quando alguém está brincando. Na escola eles me ensinaram umas regras, mas as regras não funcionam sempre." Pega o caderno do colo de Narelle, vira a página e devolve. "É o mesmo desenho?", questiona sem pensar, e já percebendo que há alterações sutis. Anna toma-o de novo, vira a página e o devolve ao colo de Narelle, é a mesma coisa, a mesma imagem reproduzida com variações mínimas. Isso se repete mais seis vezes, mais seis desenhos do 49er virando e os dois tripulantes sendo lançados ao ar presos pelos cabos dos trapézios. "Não são iguais", diz Narelle. "Não são iguais", Anna repete, desviando o olhar pro braço esquerdo de Narelle. "Seu pai é o vento?", arrisca. Anna desprega o desenho da sua camiseta enquanto concorda com um movimento de cabeça.

O ônibus Trezentos e oitenta passa em frente ao Centennial Park, o maior parque da região central da cidade, vizinho ao Sydney Cricket Ground e ao Aussie Stadium, Anna está sentada a seu lado, quieta, e não reage quando Narelle aponta pras meninas com trajes de hipismo que cavalgam enfileiradas junto à cerca do parque em direção ao Woollahra Gate e faz um comentário. Narelle imagina ter compreendido (é do que se ocupa desde que convenceu Anna a saírem do Beare Park), ainda têm mais uma hora inteira juntas, Narelle pedirá que escolha uma das tábuas de skate que viu anteontem na vitrine da loja dentro do Westfield. Parece uma boa ideia. Mandará montá-lo com os eixos invertidos e umas rodas verdes gigantes que estavam em promoção. Descem no terminal de ônibus de Bondi Junction, entram no shopping. Anna se adianta como se soubesse aonde ir, Narelle a acompanha, mesmo percebendo que não esteja indo na direção da loja de skate. As duas acabam na Borders. Anna segue direto pra seção dos livros de arte, como se tivesse decorado as lombadas encontra de imediato o álbum com as fotos dos trabalhos de seu pai, abre na página vinte e seis, passa o álbum pra Narelle. É uma pintura que retrata o rosto duma menina; não há título e nenhuma outra referência além da dimensão e da técnica: óleo sobre tela. "É você, Anna?", Narelle pergunta. "Pode ser Lakini. Meu pai nunca vai dizer qual das duas é", olhando na direção do lounge & café da livraria. "Acho que é você." "Lakini também acha que sou eu", sem olhar pra Narelle. "E onde está o original?" "Minha mãe levou", Anna responde. "Pode ser a minha mãe. O corte de cabelo é o corte de cabelo que ela mandava fazer em nós três quando estava furiosa comigo e com Lakini. Mesmo Lakini dizendo que a culpa só poderia ser dela, porque eu era inimputável. Inimputável porque meu pai dizia que eu nasci inimputável. É o que Lakini me conta. Agora sim podemos ver o que você queria ver e me mostrar", e sai da Borders da mesma forma como entrou. Narelle fica dividida entre folhear o álbum para ter uma ideia melhor das pinturas e devolvê-lo à estante e seguir Anna. O.k., vamos ver o skate, diz pra si mesma. Tenta encontrar o lugar onde o álbum estava, mas não consegue; então o deixa sobre uma das pilhas de livros que estão num balcão próximo e sai da loja. Anna aguarda do lado de fora com o celular na mão. "Lakini quer falar com você", e entrega o aparelho a Narelle. Lakini pergunta se Anna está dando muito trabalho e avisa que entrará numa reunião e por isso deixará o celular desligado, porque essa é uma das exigências das pessoas com quem se reunirá, mas que qualquer coisa basta ligar pro apartamento delas (o número que ela está mandando por SMS), a senhora que assiste Anna estará de prontidão e poderá ajudá-la. Narelle diz que está tudo bem, que pretende dar uma passada na pista de skate de Bondi Beach antes de voltarem pra Potts Point, quer ver se Anna se anima a dar uma volta nem que seja sentada. Lakini lhe diz que perca as esperanças, Anna é boa em captar coisas em movimento, mas não de ser colocada em movimento, especialmente se tiver de depender de alguém. Narelle diz apenas que terá cuidado; Lakini lhe pede que tenha bastante cuidado. As duas se despedem com Lakini agradecendo o que Narelle está fazendo por Anna e perguntando se ela tem esperança de conseguir ajudar a irmã a escrever duas ou três páginas que sejam sobre o pai. Narelle diz estar animada; o que pôde ver até agora já justificaria material narrativo suficiente pra qualquer escritor de talento produzir um belo texto, mas esse infelizmente não é o caso dela. Lakini acrescenta que chegará em casa por volta das oito da noite e que se Narelle quiser pode jantar com elas. Narelle diz já ter compromisso e sinaliza: quem sabe no fim de semana. Desligam. Então Narelle vira na direção da escada rolante. "Vamos, Anna?" Imprime um ritmo de caminhada pra que Anna ande a seu lado. "Sabe, Anna, sou a única filha entre três irmãos. Se meu pai fosse pintor e retratasse os filhos, eu saberia se o retrato era o meu." "Saberia?" Chegam à loja de skate. Há apenas três tábuas expostas. "Desgraçados, cadê as outras?" Entra na loja e se informa: houve uma procura grande, era inevitável. Agora eles só têm as três versões expostas na vitrine. Narelle volta pra frente da loja, aponta as tábuas pra Anna. "Bem, são estas três aqui. De qual delas você mais gosta?" Anna se inclina na direção da vitrine, apoia as mãos no vidro. "De nenhuma", diz. "Não pode ser...", desapontada. "Desculpe", Anna confirma. "Então me diz qual a que você menos gosta", provocando (como se provocá-la fizesse algum sentido). Anna aponta a do meio. "Vai ser esta que vou levar", não dissimula. "Espera aqui que eu vou pedir pra eles montarem pra mim. Não vai levar mais que vinte minutos. Podemos tomar um suco enquanto esperamos", sugere. "Depois você poderia executar umas manobras?", Anna pergunta. "Vou mostrar pra você como se manda um Flip Old School... que é uma manobra que eu até que domino bem", e, fazendo cara de ah, sua danadinha, entra na loja.

A caminhada até a pista de skate de Bondi Beach pela Bondi Road levou mais tempo do que Narelle calculou porque Anna fez questão de entrar numa loja de material de pintura e desenho onde ficou apontando as marcas dos materiais que seu pai costuma usar. Narelle tentou fazê-la parar com aquilo e sair da loja (se demorassem demais ali não chegariam no horário combinado pra deixar Anna de volta na Macleay Street), mas ela não atendeu, e ainda disse que queria ver os catálogos de pincéis e ficou explicando a função de cada um e as peculiaridades do material com que são feitos. Um estado de transe que assustou Narelle e a fez desistir, pedir desculpas aos atendentes da loja e esperar lá fora. Quase quinze minutos se passaram até que Anna saísse sem dizer uma palavra. Agora, na praia, está acontecendo algum tipo de exercício coletivo entre os salva-vidas: um quarto da faixa de areia está tomado por sungas, camisetas, maiôs e bonés vermelhos e amarelos; essa mística em torno dos salva-vidas de Bondi Beach é um dos exageros da cidade que Narelle não suporta. Narelle acomoda Anna num banco de concreto ao lado da pista. Completa um meio circuito de pista passando por meia dúzia de obstáculos fáceis. Levanta o braço pra chamar a atenção de Anna. "Isso é um Flip Old School", e executa a manobra anunciada na parte plana da pista. "Isso é um Flip Old School de novo", e erra a manobra sem chegar a cair. Ajeita o skate e recomeça, faz a volta junto à minirrampa e se aproxima alguns metros. Para. "E isso é um Ollie", e tira o skate uns vinte centímetros do solo, retornando quase ao mesmo ponto. "Entendeu?" Anna apenas observa, sem reação. Um esquaitista seu conhecido passa por ela e diz que as rodas são grandes demais pra manobras como aquela. "Depende do que você sabe fazer, Terry", é sua resposta. Olha pra Anna, respira fundo, desce do skate e vai sentar a seu lado. Depois de uns segundos em silêncio, começa. "Fazer o skate girar no Flip Old School é uma das manobras mais fáceis do skate, o problema é o retorno à posição anterior, dá pra torcer um tornozelo ou um pulso se você fizer sem convicção, por isso o primeiro passo de qualquer manobra é sempre a convicção. Skate não aceita insegurança. A força... toda a força que você puder empregar... não resolve nada, a força não substitui a convicção...", e interrompe. A outra não parece nada interessada. Não importa. "O segredo é simples: você encaixa metade do pé de trás sob a curva do tail, que é a rabeta do skate, enquanto o pé da frente fica na posição normal... e, quando for pegar o impulso pra fazer o skate rodopiar, pressiona o pé de trás e puxa pra cima no mesmo segundo enquanto pula deixando a tábua girar... O Ollie é diferente, é o aéreo saindo do chão, é aquele pulo que eu fiz por último... o pé de trás fica na ponta do tail e o da frente no meio do skate, de preferência com toda a base apoiada, e quando bater o pé de trás no tail, quando ouvir o baque da madeira no concreto, o pé da frente vai subir e deslizar na direção do nose, do bico, isso ao mesmo tempo que o corpo sobe com os joelhos dobrando... e é isso." Anna se levanta. "Meu pai gastou quase todo o dinheiro que ganhou com a venda dos seus quadros em tratamentos para mim, para eu poder me sociabilizar sem causar tanto constrangimento, principalmente para Lakini. Eu não consigo ver o constrangimento." Toma alguma distância. "Você está constrangida?" A pergunta desarma Narelle. "Fiquei constrangida na loja de pintura. Na verdade, fiquei com raiva", confessa, sem pensar nas consequências. "A raiva de Lakini eu consigo ver", Anna leva a mão ao rosto na altura da têmpora (um de seus cacoetes mais comuns, e não necessariamente uma repetição, como Narelle está percebendo). "Vamos pegar um táxi e voltar pra casa, Anna." Narelle se levanta aturdida pela tensão que está experimentando. A caminho da avenida, Anna para em frente a um dos grafites coloridos que cobrem o início do muro de contenção do estacionamento de Bondi Beach. Narelle aguarda uns segundos antes de perguntar. "O que você está vendo?" "O que deveria estar pintado na tábua do skate que você comprou."

Estava esperando que Anna lhe desse um daqueles abraços desajeitados, mas não houve nada disso, ela disse muito obrigada pelo seu tempo e pela sua atenção e entrou. Aproveitando a mobilidade do skate, Narelle foi até a estação de Kings Cross e depois até a Forbes Street, onde fica a melhor loja de Woolloomooloo, uma lojinha especializada em luvas italianas feitas pra não serem notadas. Escolhe uma de pelica numa tonalidade absurdamente próxima à da sua pele. Antes de sair da loja retoca a maquiagem. Decide ir até a Art Gallery of New South Wales (ontem, enquanto as duas esperavam Justin aparecer, Trixie lhe disse que ficariam somente mais esta semana as exposições do Felix Palmer com tábuas de skate recortadas e montadas em painéis luminosos e do Scott Redford com blocos de prancha de surfe sem longarinas laminados em ângulos retos e decorados com símbolos clássicos da sociedade de consumo). As rodas são de fato grandes demais, o skate ficou alto demais, transitar nas vias públicas ainda é a forma mais certeira de saber se o skate funciona bem ou não com quem pretenda usá-lo, tem as irregularidades do piso, os carros e ônibus atormentando, o sobe e desce das calçadas, mesmo assim ela está gostando de ter escolhido algo a que deva se ajustar. Perde bons minutos circulando pelo Hyde Park, depois manda um SMS pra Trixie avisando que está a caminho, pega a Art Gallery Road e num instante está em frente ao balcão do guarda-volumes deixando o skate, a bolsa e o resto. "Pra que as luvas?", Trixie às suas costas. "Oi. Comprei a tábua e resolvi montar um skate novo duma vez. Comprei as luvas pra proteger as mãos", pega o recibo com o número do escaninho, "na verdade, comprei porque não quero ver minhas mãos." "Fica nervosa, e ficando nervosa tudo piora", Trixie não a poupa. "É", Narelle concorda. "Vamos ver as exposições", Trixie aponta pro interior do prédio. "Como foi com o Justin ontem?", pergunta. "Acho que ele estava com febre...", rindo, "a verdade é que ele sabe ser atencioso quando quer." Trixie dobra à esquerda e de novo à esquerda. "E ele resolveu o problema do cofre?", com ar imparcial. Narelle para em frente ao banner no qual está explicado um pouco do trabalho de Felix Palmer. "Sim... quer dizer: não. Ficou pra eu decidir e na hora amarelei. É uma invasão de privacidade que não sei se tenho o direito de cometer... por mais puta da cara que esteja com Bernard. Acho que as implicações seriam graves." Narelle pega o celular e fotografa as informações do banner. "Mais graves que as implicações dum processo de falência que te impede de sair da Austrália, Narelle?" "Não é isso. Tenho essa sensação de que não vou gostar de saber o que tem lá dentro. Além do quê, não gostei nem um pouco do cara que o Justin arranjou pra fazer o serviço, ele quis me filmar... filmar eu dizendo que autorizava a abertura. Não sei o que um cara desses pode fazer com a gravação depois que eu pagar ele... depois que... Sei lá, ainda estou pensando. Tenho até o início da noite pra decidir... Mas que achei ele tão assustador quanto o tal síndico, ah, com certeza eu achei." Trixie entra na sala da exposição de Felix Palmer. Narelle a segue. "Claro que pode ser paranoia minha e que o cara não passe dum cara normal. Não sei, realmente não sei", tira outra foto. "Bonitos esses tails cortados, não?", Trixie comenta. "Muito...", concorda. "E tem isso do seu irmão não dar sinal de vida..." Trixie não precisava ter dito isso, ela pensa. "Pois é, pode ter algo importante lá dentro", Narelle diz. "Então você já tem um argumento que justifique a abertura... não só do ponto de vista criminal como do ético também...", empurrando Narelle. "Se ao menos o cara que o Justin conseguiu não quisesse me filmar... Viu como está meu rosto? Uma bagunça... Estou entrando naquela fase de não querer me olhar, de ficar fugindo dos reflexos... Nem sei dizer quantos anos faz que isso não acontecia." Trixie balança a cabeça. "Vontade de sumir, viu...", Narelle se entrega. "Você não pode..." Terminam de olhar a exposição dos skates e somente quando estão descendo as escadas a caminho da sala onde foram instalados os trabalhos do Scott Redford é que Narelle volta a falar. "Você bem que podia ter me contado sobre a garota prodígio." Trixie a encara. "O problema é que a prodígio não foi como as outras. Foi a única realmente especial... Ainda assim, pra sua informação, eu tentei te falar uma vez mas não adiantou. Talvez se eu te amarrasse numa cadeira e colocasse aquelas pinças do *Laranja mecânica*, sabe? Aquelas que evitam que a pessoa feche as pálpebras", com os dedos arregalando os olhos. "Desculpe, acho que isso de não prestar atenção nos outros virou mesmo o meu normal", e passa o braço por cima dos ombros da amiga. "Sei lidar com o seu jeito, Narelle... Acho que você é que ainda não sabe..." Entram na sala da segunda exposição. "Surfe na galeria", Trixie exclama. "Eu sinto muito, Trixie", Narelle deixa escapar, "sinto muito de verdade."

Fatia a maçã em quatro pedaços enquanto conversa com Justin por telefone confirmando a intenção de abrir o cofre na segunda-feira. Ele diz pra ela não se preocupar, porque vai mostrar casas nas cercanias do Crown Park a um casal de clientes e depois passa na casa do Oliver pra avisar que o serviço será feito.

Ela diz que estará no Paddington Sour depois das sete e meia e que pegará dinheiro pra pagar Oliver, que se ele quiser fazer a gravação, ela pode fazer agora porque está na Ithaca Road e pode usar a câmera HD de Bernard. Justin diz pra ela se preocupar com dinheiro somente na segunda-feira, deixar hoje por conta dele, e quanto à gravação, que faça no momento que achar melhor. Eles se despedem, ela desliga, tira as luvas, a roupa. Come um dos quatro pedaços, vai até o quarto e se joga na cama. O síndico marcou de passar no restaurante às oito, tem pouco mais de uma hora até lá. O apartamento está mais familiar do que nunca. Seria tão bom não precisar mais sair de casa por hoje. Pensa na vez em que seu pai lhe deu autorização pra viajar até Sydney com a turma da escola: dezesseis anos incompletos. Foi a primeira vez que recebeu completa atenção dele, foi a única vez que o sentiu recear por ela. Como voltar àquela cumplicidade que só durou alguns minutos? Não quer fragilizá-lo. Ainda assim, pega o celular e liga. Pergunta se a mãe está bem e diz estar com saudades. O pai quer saber apenas como anda a sua saúde e quando voltará à Nova Zelândia pra concluir a universidade como prometeu há três anos. Achando graça dele cobrar o que ela disse numa noite de Ano-Novo tempos atrás, garantiu que se formar na universidade ainda não tinha deixado de ser uma opção válida no esquema geral. Terminam a conversa com trivialidades. (Seria tão bom não precisar mais sair de casa por hoje.) Depois pegou no sono e acordou tarde pra chegar ao restaurante na hora marcada, chegar sem que o síndico já estivesse aguardando por ela há um bom tempo. E, como era de esperar, está a postos vistoriando a adega, que fica no subsolo, uma peça contígua ao depósito geral e, portanto, a parte mais isolada do Paddington Sour, o lugar onde só estão autorizados a entrar Bernard, Nick e os eventuais assistentes de estoque. Ela deixa suas coisas no escritório, vai procurá-lo. "Com licença, senhor", diz, ao abrir a porta da sala climatizada e encontrá-lo compenetrado observando três caixas duma mesma marca de vinho. "Eu é que deveria pedir", ele responde cordialmente, voltando-se e olhando pras luvas que ela está usando. "Tive um dia corrido, passei no apartamento do meu irmão, deitei por um minuto, mas caí no sono, acordei às oito em ponto. Desculpe", encostando a porta. "Peguei uma tabela com os preços do mercado, uma do tipo que os avaliadores da justiça usam... Na quarta-feira não ficou muito claro pra mim quais seriam os vinhos de valor mais alto da adega de vocês. Não é tarefa de síndico avaliar esse tipo de mercadoria, mas gosto de saber com que estou lidando, principalmente antes de analisar notas fiscais, fluxo de caixa e de estoque depois da decretação da falência... Este estoque de vinhos aqui", iminente, "pelo que pude apreender da tabela, é dos melhores que um restaurante pode ter", e pega uma garrafa da estante dos vinhos mais nobres, "este pela média de preços nas lojas está em torno de quatrocentos dólares... e está longe de ser o mais caro que vocês têm aqui", completa. "Sabe? Quando o juiz despacha a regularidade do processo, ao mesmo tempo ele confirma a designação do profissional convocado para o cargo de síndico. De modo que dificilmente voltará atrás sem que haja uma justificativa muito séria. Quero lhe perguntar uma coisa... A senhorita acha que estou sendo injusto com relação às exigências e pedidos de cooperação que lhe fiz até agora? Acha que eu estou pressionando a senhorita?" E ela se dá conta do quanto estão isolados ali. "O contador do seu irmão...", prossegue. "O que tem o contador?" Ele se aproxima dela. "Ele não foi exatamente solidário com o seu irmão... que fique entre nós... Tenho quase certeza de que o seu irmão forjou a própria falência. Se isso aconteceu de verdade, não tenha dúvida de que vou descobrir ao longo da semana que vem. Todos os meus passos até aqui foram decididos a partir da presunção de que havia boa-fé, de que estava lidando com alguém que agiu de boa-fé. Eu não devia, mas vou lhe dizer: minha dúvida maior neste minuto é sobre o quanto a senhorita estaria envolvida no caso de se tratar de uma simulação...", olhando fixo pras luvas. "O senhor está me acusando?", desta vez ela não recua. "Você compreende que tudo poderia ser pior, muito pior, se eu quisesse? Seu irmão pediu de joelhos. Seu irmão está usando você de escudo. Não gosto disso. Sinceramente, não gosto nada disso." Fica então a poucos centímetros dela, que mesmo assustada não deixa de encará-lo. "Não relatei sobre o cofre no apartamento da Ithaca Road, mas ainda há tempo de relatar. Você não tentou abrir o cofre, tentou? Vamos descobrir segunda, quando eu voltar ao apartamento. Não está ficando divertido?" Então Narelle o empurra com força, fazendo-o cair sentado no chão. A garrafa que ele estava segurando quebra depois de quicar sobre uma caixa de madeira e atingir o piso. Ele se levanta com impressionante rapidez, demonstrando força mais que suficiente pra enfrentá-la, subjugá-la. Ela abre a porta, percebe que não haverá outra oportunidade, sobe correndo as escadas. Entra no escritório e se tranca, pega o interfone, chama o ramal da entrada do restaurante, pede a um dos seguranças que venha urgentemente até ela e que no caminho encontre Nick e peça pra ele vir também. Liga pra Bernard, mas como aconteceu das outras vezes seu telefone está desligado. Não chegaram sequer a falar do acordo proposto pelos credores. Pelo que ela pesquisou na internet qualquer tentativa de acordo precisa da concordância do síndico. O precário otimismo que havia desaparece. Alguém bate na porta. É Nick com Ryan, o segurança. Ela se levanta, abre a porta, pede que o segurança fique ali com ela, pede a Nick que desça ao encontro do síndico. Agora sabe que não ajudará Bernard, sabe que não suportará ver aquele homem, o síndico, de novo na sua frente.

A porta está fechada. O segurança desempenha a guarda. O síndico pediu pra vê-la, mas ela se limitou a dizer a Nick que o acompanhasse no estritamente necessário e informasse sucintamente que se quisesse conversar com ela que voltasse na segunda-feira à tarde ou pedisse ao juiz a nomeação de um advogado pra representar Bernard (descobriu essa possibilidade mágica numa das páginas que visitou na internet) e tratasse com esse advogado. Termina o chá que alguém da cozinha lhe preparou, abre o laptop, entra no Skype e no MSN: ninguém relevante disponível. Passam os minutos, fica entretida com o e-mail de Daisuki informando que amanhã haverá uma daquelas feirinhas de caridade de bairro em Seven Hills, que é depois de Parramatta, região noroeste de Sydney, e sugerindo que se ela tiver tempo e quiser esquecer um pouco da bagunça que provavelmente está sendo essa sua estada na cidade, nas tendas onde oferecem colchas e outros tecidos sempre tem boas surpresas, a feira vai das onze da manhã até as oito e meia da noite. Começa a responder à mensagem da amiga e nota que Jörg está on-line no Skype. Minimiza a caixa de mensagens, chama Jörg. Ele aceita a chamada. "Oi, bonitão, como vão as coisas?" Ele está falando no celular, faz sinal pra que ela espere um pouco. A transmissão de vídeo não está boa, no entanto apenas ouvir aquela voz, ver aquele rosto, estático, eventualmente se movimentando sem ritmo regular, lhe basta. Ele desliga o telefone. "Oi, Narelle", diz, enquanto trava pelo teclado o celular. "Você sumiu", diz objetiva. "Desculpe, muita coisa acontecendo aqui... E o seu irmão? Notícias?" "Nada até agora", frustrada. "Bem... antes que você pergunte: os caras lá de Auckland ainda não me passaram nenhuma pista mais concreta dele. Tem certeza de que ele foi pra Nova Zelândia? Um deles me disse minutos atrás que se ele entrou de avião lá, entrou usando outro nome, outros documentos, porque não encontraram nenhum registro com as companhias de aviação. E já verificaram em todas as clínicas onde ele poderia estar... verificaram até nas que mantêm sigilo total sobre a identidade dos pacientes... e nada também. Mas ainda não é conclusivo. Eles procuraram só nas clínicas de Auckland e no entorno de Auckland." A porta se abre, Narelle cobre o microfone do computador com a ponta do dedo, o segurança comunica em voz baixa que um amigo dela chamado Justin está no bar e perguntando se ela pode recebê-lo. Narelle diz pra servir o que ele quiser e que avisará quando estiver liberada. "Desculpe... E você?", Narelle pergunta a Jörg. "Hoje à tarde tenho um encontro importante, vou pegar fotos e documentos com um sujeito que trabalhou por dois anos intimidando pessoas e fazendo até coisa pior. Mas não quero falar disso, não pelo Skype..." Pensa em contar sobre o síndico, Jörg seria a pessoa com quem desabafar. Mas como? Neste momento, como de outras tantas vezes, Jörg está salvando o mundo. "Por favor, não corra riscos desnecessários", ela pede. Ele é a única pessoa em quem ela consegue se concentrar quase cem por cento, talvez porque ele nunca se concentre nela nem em ninguém que não esteja diretamente relacionado com as suas matérias. "Sabe, Narelle? Eu poderia pedir pra você me mostrar a mão, mostrar o dedo com o anel, mas não vou... Quero apenas que você saiba que quando deixar o Brasil quero te encontrar... É a primeira coisa que eu quero fazer... aí em Sydney ou onde você estiver... Preciso de férias... Um amigo me disse uma vez que o problema de vir ao Brasil é que você sempre fica se questionando sobre estar precisando de férias e não fazendo nada a respeito." Narelle ri. "Bendito Brasil, então", ela diz. Ele balança a cabeça, rindo. (É o momento que ela busca.) "Essas pessoas daqui... Um dia volto pra entender melhor... Podemos vir juntos... Quem não quer conhecer o Brasil, a Amazônia, o Rio de Janeiro?" O vídeo trava de vez e o rosto dele fica suspenso naquela expressão de cansaço que ela não tem certeza se suporta ver. "A conexão está péssima aqui", ele diz. "Vou desligar a câmera pra evitar da conexão cair", ela avisa. "Certo. Que mais?... Que mais?... Que mais?", ele diz compassadamente, e estende o "a" do último "mais", quase sibilando. "Jörg?" Ela sabe que poderia evitar. "O que significa esse anel que você me deu?" Ele demora uns bons segundos. "Comprei esse anel há mais de cinco anos, Narelle. Me pareceu estupidez continuar com ele guardado em segredo... sem dar pra você... Já não somos aquelas crianças de oito anos atrás..." Chega uma mensagem no seu celular, ela confere: é Justin. "Acho que podíamos parar de fingir que não precisamos um do outro...", Jörg prossegue. Ela abre a mensagem, Justin escreveu que não quer atrapalhar, que adoraria um drinque por conta da casa, mas que pode deixar pra falar com ela amanhã. "Você é adorável, mas não é exatamente um cara fácil de conviver... Às vezes... essa sua obsessão pelo trabalho..." Ela responde ao SMS de Justin pedindo que espere mais uns minutos, afinal veio até o Paddington. "É... Acho que não vou conseguir impedir que nossos irmãos chineses dominem o mundo... nem que os homens das medalhas passem a tomar decisões sensatas no Conselho de Segurança da ONU." Os dois riem. Justin responde à mensagem dela com um o.k. "Se ao menos as pessoas se importassem, fizessem algo com as informações preciosas que recebem, não é?", Jörg muda o tom. Nada mais austríaco do que usar informações preciosas, ela pensa. "As pessoas que interessam se importam, você sabe disso", insiste. "Preciso de férias", ele assevera. "Tudo se ajeita", ela diz sem convicção. "Esse tem sido o nosso lema...", precipita. "Temos o que temos, Jörg, levamos a vida do jeito que é possível." Ele diz que talvez não seja bem assim e que agora precisa se organizar pro encontro dali a poucas horas, promete ligar por volta das dez ou onze da noite, quando serão dez ou onze da manhã do dia seguinte em Sydney. Ela implora que ele tome cuidado. Ele garante que não levará mais que uma semana pra coletar todas as provas de que necessita, renova a afirmação de que quando deixar o Brasil vai direto encontrá-la, acrescenta que só começará a escrever a matéria depois de encontrá-la, que só voltará a se preocupar com o mundo depois de encontrá-la. Ela brinca perguntando se o Conselho de Segurança da ONU pode esperar. Riem. Despedem-se da maneira de sempre. Sai do escritório, entra no salão principal, avista Justin conversando com Wander e se aproxima. "Justin..." Ele se vira. "Oi." A música está mais alta que o normal. "Sei que você está ocupada..." Ser dona provisória de restaurante deve ser ouvir das pessoas que te procuram que elas sabem que você está ocupada. "Vamos até o Bite Me, passei o dia com vontade de comer um daqueles hambúrgueres vegetarianos que eles colocaram no cardápio no final do ano passado. Te pago uma cerveja. Pago o que você quiser, aliás." Ele concorda. Ela pega a bolsa e o casaco no escritório e saem. Noite agradável em Sydney. A lanchonete está cheia, a atendente diz que o tempo de espera não passará de dez minutos, eles decidem esperar na calçada. Ele pede uma long neck, ela uma água. Ela conta em detalhes o que aconteceu com o síndico e diz que a postura dele só serviu pra ela ter ainda mais certeza a respeito da abertura do cofre. Falou da suspeita de que a falência seja um golpe de Bernard, suspeita que aumenta com essa informação recente de Jörg de que não há registro da entrada dele na Nova Zelândia. Um atendente avisa que liberou uma mesa. Justin comenta que o sumiço de Bernard é de fato muito estranho, termina a bebida. Ela diz que já não lembra mais como é o gosto da cerveja. Ele diz que há noventa e nove por cento de possibilidade dela não estar perdendo grande coisa, e entram.

Diz ao garçom que o sanduíche estava realmente ótimo. Justin cogita pedir mais uma long neck, mas muda de ideia, afinal já foram três garrafas, pede um sorvete de baunilha e um café. Ela pede um chá, ele brinca que ela sempre pede chás, ela registra não ter lhe dado o direito de controlá-la, ele diz que toda Narelle tem o Justin que merece, e ela que ele pode parar porque já houve um síndico perseguidor fanático no dia de hoje. Riem. Conta sobre Anna, diz que se sentiu uma idiota tentando ajudar alguém que não tem absolutamente nada a ver com ela, que a ida à pista de skate de Bondi foi um desastre. Justin pondera: "Não parece ter sido um desastre, não, foi a primeira vez que tiveram um contato maior, não há problema nas coisas não acontecerem como se imaginava". Os pedidos são servidos. "Pra você tudo é fácil, não é?... Admiro pessoas que demarcam territórios e controlam bem os territórios que demarcam. Nunca foi o meu caso", ela diz. "Não vamos brigar, o.k.?", ele ameniza. "É que, às vezes, você... desculpe, mas alguém precisa te dizer isto, Justin... é que você... parece que está apenas jogando com as pessoas..." Tira o saquinho da xícara, fica com ele suspenso, balançando como um pêndulo. "Você lembra quando foi que a gente se conheceu, Narelle?" Coloca o sachê no pires. "No início de dois mil e três, não foi?", responde. "Início de dois mil e três? Se forem o Justin e a Narelle que estão aqui sentados nesta mesa, talvez...", provoca. "E teve outros?", dando o primeiro gole no chá. "Sim. Teve um Justin invisível e uma Narelle completamente determinada e segura de si." "O que você está dizendo? Vou chamar o gerente e reclamar que colocaram LSD na sua cerveja", brinca. "Uma Narelle de dezenove anos que não tinha medo de nada e só falava numa sociedade melhor em que as pessoas fossem felizes de verdade....", diz. "Mas quando isso?... Quando você...?" Sorriso ainda no rosto. "Eu era um cara estranho e tímido de vinte e um anos... desses que ficam trancados no quarto tentando tirar umas músicas no violão e que mesmo quando têm a sorte de encontrar sua turma, uma do tipo turma grande e legal, meio grupo de jovens de igreja que não discrimina caras estranhos, continuam a ser os caras que ficam quietos, só observando os outros, tentando não atrapalhar..." Está amassando a bola de sorvete na taça sem ter provado nem mesmo uma colher. "Mas quando, Justin? Quando?", ultima. "Numa festa em Coogee em mil novecentos e noventa e sete... Onze anos atrás... Você estava ajudando a dona da casa quando eu cheguei com as bebidas, nós conversamos. Você era tão radiante e envolvente... Ficou falando de como as coisas estavam erradas em Sydney e que mesmo com tudo aquilo não conseguia ficar longe da efervescência da cidade... Ia cursar a faculdade de matemática...", deixa o sorvete de lado e dá um gole no café. "Como?...", hesita por instantes, "eu era uma cacatua cheia de palavras de ordem e convicções...", como se isso a desgostasse. "Nunca. Você era... linda... inteligente... agregadora..." Narelle leva o indicador à boca dele. "A maori barraqueira, lembro bem do apelido...", fazendo cruz com os dedos indicadores. "Não... Você fazia uns trabalhos de modelo e tinha sua grana... e tinha personalidade forte, tinha o que dizer. Não se conformava e não se intimidava. Isso assustava os caras....", ele defende. "Meu Deus, é mesmo impossível ter segredos pra você..." Justin derrama um pouco de café sobre o sorvete. Narelle faz cara de nojo. "Não esqueço daquele dia em Coogee, Narelle....", confessa. "Desculpe, mas não me lembro desse dia e muito menos de você. Quando decidi passar uns tempos em Sydney naquela época conheci tanta gente, fiz tantas coisas, fui a tantas festas..." Toma outro gole do chá. "Acho que você era mesmo... única... era...", não conclui. "E como você não me disse nada todos esses anos?", perplexa. "O Justin Dois aprendeu a não exigir das pessoas que se lembrassem do Justin Um, aprendeu a fazer as pessoas não se lembrarem do Justin Um." "Engraçado... Você era o apagado e, segundo o que você mesmo está me dizendo, eu brilhava. Hoje é o contrário. Você é o sucesso da cidade, eu sou a pré-balzaquiana que ainda não tomou jeito na vida... Cara, que surpresa doida essa sua revelação...", terminando de beber o chá. "Você ficou brava por eu ter te contado?" Ela faz sinal negativo com o indicador. "E o que foi que te mudou, Justin?", questiona. "A vida de corretor... nenhuma epifania, nenhum grande acontecimento, apenas a rotina de corretor... Tinha que trabalhar, não podia mais ser um nerd, já passando da idade de arranjar emprego. Meu tio me deu uma chance na imobiliária dele. Meus pais não gostaram, queriam que eu terminasse uma faculdade, fosse médico, engenheiro, tivesse uma profissão respeitável, reconhecida, mas também sabiam que eu não podia continuar em casa sem fazer nada de útil. Comecei com esse meu tio, depois entrei pra equipe duma imobiliária maior. Fui me encontrando... Vendendo casas descobri que podia ser uma pessoa persuasiva... Perdi a timidez... Ficava bem de terno, era o que diziam... terno, gravata, gel no cabelo, sapatos bem engraxados, essas coisas." Ele oferece um pouco do sorvete. Ela recusa. "Incrível... Depois quero ver uma foto sua do tempo que você disse que nos conhecemos", ela pede. "Devo ter algumas guardadas em algum lugar." Narelle termina o chá. Justin toma a última colherada de sorvete. "E você, Narelle... O que te mudou?... A Narelle que eu conheci não falaria desanimada dessa garota, a Anna, como você falou agora...", cisma. "Não sei, Justin. Nada mudou... Tudo mudou...", dispersiva. "Acho que me tornei uma pessoa sem paciência pras outras. Claro, há exceções... uma e outra...", ela diz. "Como o Jörg?", pondo Narelle contra a parede. "Sim, o Jörg." Narelle avista o garçom e sinaliza pedindo a conta. "Nunca mais vi o Jörg. Acho que a última vez foi aquela que nos encontramos na festa do ano-novo chinês em dois mil e seis. Ele está bem?", ele pergunta. "Está no Brasil, numa daquelas suas matérias arriscadas..." "O velho e bom Jörg... Jörg é o cara...", ele atesta. Ela concorda. "Você é dos poucos que simpatizam com ele aqui em Sydney." Ele se empertiga. "Simpatizo com todos que não se metam comigo", taxativo. "Que medo, Justin..." O garçom traz a conta. "Mas você não disse o que te mudou", ele retoma. "Nada me mudou, já disse. Sempre fui esta Narelle que você conhece." Narelle pega a conta, confere, abre a carteira. "Conheço muitas Narelles. Da Narelle que não para quieta à que tem trauma com a polícia..." Narelle abaixa a cabeça. "Justin, como você sabe que eu tenho trauma com a polícia? De onde você tirou essa merda?", pegando firme no braço dele. "Sei o que aconteceu no Quarteirão... em agosto de dois mil, no Quarteirão em Redfern..." Ela solta o braço dele. O garçom se aproxima e pergunta se ela prefere pagar com o cartão. Ela, que já estava com a carteira aberta, tira uma nota de cinquenta e outra de dez, deixa sobre o tampo da mesa, levanta-se sem olhar pra nenhum dos dois e vai embora.

Desce a Bondi Road em direção à praia. A chuvinha empurrada pelo vento sudeste faz da paisagem uma ausência de cores que já faltaram outras vezes. Passa em frente ao Five Steps Coffee; devem ter aberto há poucos minutos. Uma voz masculina que ela não identifica pergunta lá de dentro se aquela na calçada não é a Narelle e chama seu nome. Ela não dá atenção. Depois que saiu do Bite Me ontem não pensou mais em Justin, Bernard, no síndico, nos credores da falência, nos caras com quem já ficou e que corre o risco de encontrar a qualquer momento na primeira esquina. Somente Jörg está nos seus pensamentos, equilibrado entre preocupação e expectativa. Chega ao gramado do lado oeste da baía de Bondi, senta, tira os tênis. Observa os surfistas que estão na água negligenciando os alertas de não entrar no mar em dia de chuva. À direita está a piscina olímpica do Icebergs Winter Swimming Club, uma das mais famosas do mundo, extensa, imponente, alimentada pela água do impacto das ondas que vencem as rochas e as bordas de concreto armado. Há apenas um homem nadando. Narelle nunca admitiu treinar ali, implica com a mítica da Icebergs. Construída em mil novecentos e vinte e nove pra manter o preparo físico dos salva-vidas durante os meses de inverno, só na década de noventa seus estatutos sociais admitiram oficialmente mulheres com status igualado ao dos homens. Mesmo assim, sempre se encanta com aquele cruzamento de rocha e concreto. A chuva diminui, a velocidade do vento aumenta. Levanta-se, segue pelo passeio que tangencia a costa de penhascos em direção ao Hunter Park. Quinze minutos de caminhada e chega à baía de Tamarama, uma fenda estreita entre os penhascos e onde as ondas com menos de meio metro estão quebrando suavemente hoje. Desce a escadaria íngreme que vem da Pacific Avenue, anda até um dos quiosques onde há mesas de madeira do tipo tampo e assentos integrados. Aconchega-se, põe os pés sobre os tênis, fica apreciando um grupo de homens que executam passes e dribles de rúgbi. Num dos arremessos a bola vem parar bem perto de onde ela sentou. Sem hesitar, Narelle se levanta e diz ao que se aproxima: só devolverá a bola se puder jogar também. O homem responde que será perfeito, porque ficarão quatro contra quatro e poderão tentar uma partida. Ela diz que uma partida de rúgbi é só do que precisa. Ele pergunta se ela aguenta os choques. Ela arremessa a bola com força contra o peito dele e diz que isso eles vão ter que descobrir. O jogo dura pouco mais de meia hora, termina quando chegam mais de cem pessoas, adultos e crianças, pro que está anunciado em dois estandartes, postos neste minuto no lado norte da minipraia, como "Projeto Esportivo Foquinhas ao Mar". Narelle se despede do grupo, apesar de brutamontes na faixa dos quarenta anos são todos muito gentis, diz que precisa correr pra chegar em casa, tomar um banho quente, evitar contrair uma gripe. Um deles, possivelmente o mais velho, pergunta onde ela mora e, assim que ela responde, diz que vai pegar o filho na casa da ex-mulher em Rose Bay e oferece carona. Ela aceita. Durante o trajeto ele conta que quando jovem foi desses jogadores que os jornais chamam de grande promessa do esporte e que, embora originalmente fosse primeiro centro quando jogava na defesa e asa aberto quando no ataque, se destacou como avançado, não decepcionando quando tinha que ficar nas posições de médio e linha atrasado. Ela pergunta o que aconteceu. Ele diz que sofreu um acidente de carro e teve lesões que o impediram de jogar por um ano e meio, quando voltou não era mais o mesmo, a grande oportunidade havia passado. Ela diz que sente muito. Ele diz que alguns segundos podem mudar o curso duma vida inteira. "Uma vez amante do rúgbi, sempre amante do rúgbi", tenta ser engraçada. Ele balança a cabeça e solta a máxima: "Esporte arruaceiro jogado por cavalheiros". "Diferente do futebol", ela completa, "esporte de cavalheiros jogado por arruaceiros." Riem. Na Ithaca Road, ela pergunta se ele não quer subir (a pergunta simplesmente saiu). Ele aceita. Já no apartamento ela diz que ligará o chuveiro e depois pegará umas toalhas no quarto. Ele a segue. Transam de pé. Ela apoiada na pia, tentando não se encarar no espelho. Depois tomam banho juntos. Ela diz que fique à vontade pra ir embora, imagina que esteja atrasado. Ele pergunta se podem trocar telefones. Ela responde que ele já conhece o endereço dela, o chuveiro dela, mais do que isso iria estragar. Ele a beija no rosto, justo na bochecha que está mais machucada. Ela o acompanha até a porta, diz obrigada no lugar de tchau, foi bom te conhecer. (Jamais haverá contagem.) Volta ao banheiro pra recomeçar pelos cremes, depois, na cozinha, pelo copo de suco de laranja, pelo comprimido de sulfato de zinco, pela fatia de pão tostado. Veste calça jeans e camiseta, um tênis de passeio que não usa há séculos, pega a mochila, acondiciona nela todo o necessário pra passar um dia inteiro fora, sai de casa, pega a Elizabeth Bay Road, a Greenknowe Avenue, dobra na Macleay Street, caminha até o prédio de Anna, toca o interfone. Lakini atende.

Narelle diz bom-dia e adianta que esta será a vez dela de pedir desculpas, que vai a uma feira em Seven Hills, que é um lugar entre Blacktown e Parramatta. Lakini responde que sabe bem onde fica Seven Hills, pede um instante e em menos de um minuto está abrindo a porta do prédio. "Pelo jeito, vamos viver de surpresas uma pra outra, Narelle", estendendo a mão pra cumprimentá-la. Narelle retribui o gesto. "Estou indo nessa feira e pensei que talvez fosse uma boa oportunidade de passar mais algum tempo com Anna... Ontem foi um pouco drástico... Não sei se drástico é o adjetivo certo..." "Não se preocupe com adjetivos. Como qualquer um de nós, Anna só pode ser comparada a si mesma. Não há manual de instrução. Num dia falo baixo e ela me escuta, noutro ela só escuta se eu falar levantando a voz, beirando o descontrole, e há também dias mais raros em que ela simplesmente não interage", desabafa. "Posso imaginar", tentando alguma solidariedade. "Fiquei com receio de entrar em detalhes sobre o comportamento dela, tipo abrir o jogo, e isso assustar você. Pareceu mais sábio deixar que vocês duas se aproximassem sem baliza, sem redes de proteção. Imagino que tenha sido difícil e frustrante pra você ontem. Na verdade, jamais pensei que fosse ser diferente... Estou surpresa, sim, por você estar aqui, no meu prédio, às dez pras onze da manhã." Narelle segura a mão dela. "Anna me fez bem. Temos coisas em comum. Acho que a única grande diferença é que estou mais preocupada em partir, e ela, ao modo dela, em chegar", resume. "É uma boa imagem, essa. Fico feliz que haja essa disposição da sua parte. Não tenho palavras pra agradecer. Vou subir e falar com ela. Ela não está muito acostumada a sair dessa nossa região. Pode ser um passo maior que a perna, mas, sinceramente, espero que não seja. Acho que se você esperar aqui será melhor, assim eu posso conversar com ela... Desculpe te pedir isso, mas tenho certeza de que será melhor. Volto logo. Agora vou subir, o.k.?", rápida, rápida demais.

A viagem de metrô foi demorada, ainda que elas estivessem num vagão que permaneceu o tempo todo quase vazio Anna começou a se agitar. Por isso, a saída foi descer na estação de Parramatta, quatro estações antes de Seven Hills, entrar no Argyle Shoppingtown, ir direto a uma loja de materiais de pintura e desenho (uma onde Narelle já estivera uma vez) na esperança de que Anna se acalmasse entretendo-se com as tintas, telas e pincéis como tinha feito em Bondi ontem. Na loja, Anna se animou com um jogo de lápis de carvão vegetal e, incentivada pela vendedora, uma garota sardenta que pareceu ter entrado em sintonia perfeita com ela, também com um bloco de folhas concebidas especialmente praquele tipo de lápis. Narelle não teve dúvida, comprou. Caminharam até o rio Parramatta, que é bem estreito naquela altura, Narelle deixou que Anna ditasse o ritmo, sentaram próximas à ponte de pedestres projetada nas laterais como uma sequência de remos de metal alinhados em pares, cada par numa posição diferente, numa proporção diferente, dando a impressão de asas em movimento. Anna tirou o bloco e os lápis da sacola, apoiou o bloco no joelho e começou a desenhar o rosto de Narelle. "Essa sou eu?", Narelle pergunta, mesmo sabendo do que se trata. "Seu rosto tem uma simetria perfeita." Em momento algum Anna a encara. "Não é o tipo de coisa em que eu repare", Narelle diz. "Podemos comer alguma coisa se você quiser", propõe. "Estamos sendo enfadonhas?", Anna pergunta. "Você quer saber se estamos numa situação enfadonha?", Narelle tenta compreender. "Oito meses atrás um primo de quinze anos veio nos visitar e disse que eu era enfadonha..." Um casal de ciclistas atravessa a ponte gritando, Anna tapa os ouvidos com as mãos, o lápis de carvão vegetal cai no chão. Narelle recolhe o lápis. "O que é enfadonho pra uma pessoa pode não ser pra outra", entrega o lápis a Anna. Ela guarda o lápis junto com os outros na sacola, fecha o bloco e o guarda também. "Se você quiser podemos ir", e se levanta. "Acho que é uma boa ideia", Narelle a acompanha. Como estão relativamente perto de Seven Hills, Narelle chama um táxi; ainda assim levam uns vinte minutos. A feirinha tem quase nada de feirinha, são dezenas de barracas com todo tipo de oferta que se possa imaginar, ocupando toda a área do estacionamento aberto localizado ao lado da estação do metrô. Narelle se preocupa com a reação que Anna possa ter circulando no meio de toda aquela gente. "Você gostaria de caminhar comigo pela feira, Anna? Quer comer alguma coisa antes?" "Podemos caminhar pela feira", Anna responde. Narelle sabe que não pode tocar nela repentinamente. "Você gostaria de segurar na minha mão?" Anna se abraça à sacola onde estão o bloco e os lápis de carvão vegetal. "O.k. Vamos devagar por aqui", posicionando-se de maneira a observar as bancas que estão do lado direito do corredor. Narelle olha as peças expostas ao mesmo tempo que serve de batedora pra Anna, evitando que as pessoas esbarrem nela, uma lógica que parecia não ser possível executar por mais que uma dezena de metros mas que depois de uns minutos se mostrou funcional, nada fácil porém funcional. Não encontra nada que lhe interesse nessa primeira investida. No final do corredor dobram à esquerda, há menos gente ao redor, o que facilita muito, andam alguns metros e então Narelle avista uma banca só com colchas e forros antigos. Não diz nada a Anna, apenas se aproxima e para diante da senhora que usa um daqueles chapéus de veludo bordô bem ao estilo londrino da virada do século dezenove pro vinte. "Boa tarde", Narelle cumprimenta, já mexendo nos tecidos. "Boa tarde, minha criança." Anna fica parada ao seu lado, olhando obliquamente. "Qual a média de preços?", Narelle pergunta. "Os preços variam. Temos colchas de vinte até cento e cinquenta", a senhora responde. Narelle encontra uma que a impressiona, mostra a Anna. "O que você acha?", e tenta passar a colcha pras mãos dela. "Das cores?",

Anna pergunta, sem tocar na colcha. "De tudo....", Narelle diz. "Acho bom", e olha pro lado oposto. "Acho que vou levar esta", diz à senhora. "Essa sai por cento e vinte dólares, mas posso fazer por cem se você pagar em dinheiro." Narelle abre a carteira, tira duas notas de cinquenta, paga, põe a colcha na mochila e sai com Anna; passam pelas outras bancas sem encontrar o que valha a pena. De repente Anna começa a andar na direção duma lanchonete em cujo outdoor há um frango vestido de mergulhador com cilindro de ar e tudo. "Estamos com fome?", Narelle pergunta. "Estamos com fome", é a resposta. Entram no lugar, que é desses que priorizam entregas a domicílio. Há apenas uma mesa, junto ao balcão de atendimento, e vazia. Pedem o combo três pedaços de frango, fritas e salada com um copo de quinhentos ml de suco de maracujá. Anna come vorazmente. Narelle pergunta se ela quer sobremesa, Anna balança a cabeça em negativa. Na saída da lanchonete, Narelle pergunta se prefere voltar de metrô ou de ônibus. O ônibus demorará mais, contudo pode ser mais divertido. Anna diz que não quer voltar pra casa. Narelle fica muda. E Anna diz ter vontade de usar calça jeans, camiseta, tênis e mochila iguais aos que Narelle está usando. Narelle olha ao redor, não conhece muita coisa por ali, pega na mão de Anna, e Anna deixa.

Não voltaram a Potts Point. Narelle ligou pro Paddington Sour, disse a Nick que não iria mais ao restaurante hoje. Nick perguntou se estava tudo bem. Narelle afirmou que sim e que a partir daquele momento até o dia seguinte ele seria o líder supremo do Paddington Sour. Nick lhe disse pra ficar tranquila: noites de sábado são agitadas, mas nunca trazem imprevistos, só pessoas sem pensamentos ruins vão a restaurantes no sábado à noite. Narelle disse que se ele estava garantindo, não seria ela a dizer o contrário. Depois ligou receosa pra Lakini, que apenas lhe desejou boa sorte, prometendo que pegaria o carro e iria ao encontro delas no mesmo minuto que ela ligasse, caso algo desse errado. Foram de táxi até Blacktown, onde Narelle encontrou uma pousada e na pousada um apartamento com cozinha e duas camas. Há um boliche nas cercanias, o New Curl Curl Bowling, passam em frente enquanto procuram uma loja que venda roupas femininas. Narelle propôs a Anna que tentassem comprar umas roupas parecidas e fazer um programa de meninas, e agora, durante a caminhada, está explicando o que seria exatamente um programa de meninas. Anna quer saber se programas de meninas incluem falar sobre meninos. Narelle diz que tudo é possível. "Tudo é possível", Anna repete e repete depois, quando encontram a loja e começam a provar as roupas.

Preferiram a pista número oito, a última do pavilhão, a menos iluminada. As bolas de poliuretano coloridas não chamaram a atenção de Anna, e ela não quis calçar os sapatos feitos pra não arranhar a madeira da área de arremesso, ficou só de meias. Continua sentada olhando pro tampo da mesa, eventualmente pros lados, e anotando os pontos que Narelle dita em voz moderada pra não atrapalhar a concentração dos jogadores nas demais pistas. Narelle está jogando pelas duas (Anna está ganhando). E finalmente consegue um strike; olha pra Anna, que não esboça reação, olha pras outras sete pistas, mais destacadas que a sua, olha pros sapatos ridículos que precisa calçar, pra sua roupa idêntica à que Anna está usando, olha pras próprias mãos e volta pra mesa. "Podemos ir embora se você quiser", senta. "Se eu ganhar será você quem ganhou", Anna diz da maneira seca que, Narelle já percebeu, ela costuma falar a maioria das vezes, soltando a caneta sobre a folha de pontuação. "Isso só vai acontecer se quisermos ser enfadonhas", sem reprimir o riso desta vez, "porque, no que me diz respeito, se você ganhar foi você quem ganhou e não eu." Um grupo de quatro casais se aproxima, a garota carrega uma bolsa Nike cor-de-rosa cintilante do tipo bolsa de carregar bola de boliche quando se tem a própria bola de boliche, se adianta e pergunta se podem ocupar a pista, já que elas não estão jogando. Narelle diz que elas estão jogando, sim. A garota da bolsa cor-de-rosa se afasta sem dizer mais nada. Narelle pega a carteira, tira uma foto em que está com os pais e os dois irmãos, põe sobre a mesa. "Este aqui é o meu irmão que é dono do apartamento na Ithaca Road, onde estou morando. É o mais parecido comigo... E este é o meu pai", e tenta passar a foto às mãos de Anna, mas Anna não se move pra recebê-la. "Tenho uns desenhos que fiz do seu irmão. Ele tem o rosto simétrico como o seu", revela Anna. "E onde ele estava quando você o desenhou?" Anna demora a responder. "Estava no Beare Park." Narelle faz sinal pra garçonete. "Parece que tudo acontece no Beare Park..." Anna não responde. "Por favor, mais uma água", pede, quando a garçonete se aproxima. Poderia perguntar a Anna se ela quer consumir mais alguma coisa, mas ela praticamente não tocou no copo de refrigerante na sua frente. "E o que você viu de interessante no meu irmão pra querer desenhá-lo? Além da simetria do rosto", tentando avançar. "Fico muito tempo no Beare Park. Desenho muitas pessoas lá, muitas situações. Muitas vezes eu não mostro pra Lakini o que desenhei, porque tenho muitos desenhos, e Lakini se cansa de me ajudar a interpretar esses desenhos. Não percebo quando ela se cansa, mas ela se cansa. Alguns desenhos eu gostaria de mostrar pro meu psiquiatra. As interpretações dele eram mais fáceis de entender do que as interpretações de Lakini, mas ele se aposentou, e Lakini ainda está procurando um psiquiatra que seja tão bom quanto o meu psiquiatra era." A garçonete traz a água de Narelle. "Você mostrou pra Lakini os desenhos que fez do meu irmão?" Anna olha na direção dos pinos que estão em pé e aguardando no fundo da pista onde elas deveriam estar jogando. "Não mostrei os desenhos do seu irmão." Narelle despeja a água da garrafa no copo que já estava na mesa. "Poderia mostrar pra mim quando voltarmos amanhã", sugere. "Posso", ainda olhando na direção dos pinos. "O que você está achando deste lugar, Anna?", pergunta. "Bom." "O barulho daqui não está ficando alto demais pra você?", e toma um gole da água. "Quero ficar e quero ficar escutando você." Narelle se surpreende com a resposta. "Tem certeza?" Anna olha na direção contrária à das pistas. "Você foi muito corajosa de me trazer junto com você. Meu pai diz que eu preciso ser corajosa. Ser corajosa pode me levar pra mais perto do meu pai." Narelle a encara e, embora os olhares não se cruzem em momento algum, percebe como não tinha percebido antes o esforço que essa garota precisa fazer pra se adequar, como ela e Lakini já disseram, e pensa no que disse sobre querer ficar e escutar. "Sabe, Anna?", e solta um longo suspiro. "Teve uma época da minha adolescência, lá pelos meus doze anos, em que eu colava bilhetes nas portas do armário do meu quarto pra conseguir lembrar as atitudes que eu tinha que tomar pra ser uma pessoa bem-sucedida, do tipo pessoa que tem o próprio destino nas mãos, pessoa que influencia pessoas... Não sei por que estou dizendo isso..." Não há sentido em levar a conversa nesse tom, sabe muito bem que Anna não entenderia certos argumentos, mas prometeu a si mesma não ser condescendente. "Você quer mesmo me ouvir?", Narelle pergunta. "Quero ouvir, sim", Anna responde. "Então vamos tentar." Começa. "A certa altura da minha vida, provavelmente aí pelos dezessete anos, percebi que me sentia melhor quando estava longe dos meus pais, dos meus irmãos. Não tinha brigado com eles nem nada, apenas percebi que não conseguia ter uma rotina... um convívio harmônico com eles. Comecei a fazer amigos aqui em Sydney e aos poucos a cidade de Sydney foi se transformando numa espécie de segunda casa, eu era outra pessoa, as coisas que eu dizia e tudo que eu pensava faziam muito sentido pras pessoas daqui, fui ganhando segurança... coragem... pra dizer pra minha família o tipo de vida que eu queria levar. Completei meus estudos aqui, entrei pra minha primeira faculdade aqui", amassando a borda do copo vazio. "Depois enjoei da faculdade que tinha escolhido, fiz a seleção pra outra e passei. E então lá estava eu com novos amigos, mais segura do que nunca...", olha pra trás, pensando em chamar a garçonete pra trazer outra água, e se depara com a turma da garota da bolsa cor-de-rosa, atentos, provavelmente esperando a liberação da pista. Confere o horário, tem pelo menos vinte minutos de uso ainda. Olha nas outras direções, não avista a garçonete, volta-se pra Anna. "Apesar dessa vida perfeita que eu mencionei, houve um incidente que mudou a minha vida..." Anna está olhando pros pinos, Narelle sabe que ela está prestando atenção, mas o barulho do New Curl Curl Bowling ficou alto demais até pra ela, que não tem a sensibilidade de Anna. "Não sei se consigo falar sobre o que aconteceu comigo... Desculpe. Entendo muito quando alguém me diz que não consegue fazer uma coisa... Admiro o esforço que você faz. Eu também tenho que me esforçar pra superar certas coisas... Deus, o barulho deste lugar ficou insuportável... Vamos embora?", levanta-se, recolhe os sapatos que Anna não calçou, pega sua mochila. "Vamos pra pousada, Anna. Este lugar está virando um inferno." Anna demora um pouco, mas acaba se levantando. Narelle entra na fila pra pagar a conta no caixa. Anna se dirige à saída, Narelle a controla de longe. A senhora que está pagando neste momento está furiosa, acusando o New Curl Curl Bowling de ter cobrado um valor maior do que o valor que ela consumiu, e por isso a fila não anda. Dois rapazes se aproximam de Anna, um deles puxa conversa com ela. Narelle não espera chegar sua vez, pega o dinheiro e as comandas, deixa nas mãos da atendente do caixa, diz que pode ficar com o troco, caminha na direção de Anna e dos sujeitos. À medida que se aproxima consegue ouvir um deles propondo irem beber umas cervejas num lugar mais divertido. Anna o escuta receptiva. "Tudo bem, Anna?", e se interpõe entre os dois. Anna não lhe diz nada. "Podemos ir?", sabe que não deve tocá-la. Anna continua imóvel. Os dois que abordaram Anna ficam sem saber o que fazer, Narelle os encara determinada, e então eles se afastam. "É bom ter cuidado com estranhos. Não conhecemos esta área. Não dá pra saber quem está bem-intencionado e quem não está", argumenta. "Você está sendo enfadonha?", Anna diz. "E você está sendo espertinha...", brinca. Explica ao porteiro que as comandas foram pagas no caixa, o porteiro acena pra caixa, que faz sinal de essas duas estão liberadas, Narelle sai do New Curl Curl Bowling, Anna a segue. "Você quer comer, beber mais alguma coisa?" Anna a acompanha em silêncio, olhando de soslaio pro boliche que leva o nome de Curl Curl (o mesmo de uma praia bem longe dali, que não tem absolutamente nada a ver com aquela região) e que vai ficando pra trás com seu barulho e sua atmosfera rançosa de cidade do interior.

Onze da noite no leste da Austrália, onze da manhã no Brasil. Anna está dormindo. Jörg não telefonou, não mandou mensagem. Isso pode não significar nada, mas começou a incomodar Narelle. Sai do quarto, vai até o pátio da pousada, onde há cadeiras de descanso dum lado e um jardim não muito animador do outro, deita numa das cadeiras, tenta ligar pro Jörg, cai no correio de voz. Um casal chega da rua e lhe dá boa-noite. A garota pergunta se podem ficar ali ouvindo umas músicas do celular enquanto terminam a cerveja. Narelle diz que não se importa, uma noite sem chuva pede mesmo algo assim. Os dois riem e se acomodam na cadeira em frente à de Narelle, ficam ali se beijando e ouvindo Karen Dalton, o que traz essa atmosfera melancólica que não havia minutos atrás. Narelle olha pra porta do quarto (não deixou de prestar atenção nem por um instante), vê quando Anna sai provavelmente à sua procura. Narelle a chama. Anna demora a reagir. Narelle se levanta, faz Anna sentar na cadeira onde estava e se ajeita na cadeira vizinha. O casal ouve mais cinco músicas, agradece a companhia, recolhe-se ao quarto que por coincidência fica ao lado do quarto delas. Anna pergunta como é a sensação de um beijo e, inesperadamente, se levanta da cadeira e tenta beijá-la na boca. O susto causado por aquele gesto não impede Narelle de corresponder ao beijo, de torná-lo um beijo. Breve, mecânico. Anna se afasta; e Narelle diz que está na hora de voltarem pro quarto. O quarto parece menor desta vez. A quietude deu lugar à movimentação das molas da cama e gemidos do casal no quarto ao lado. Narelle se deita. Anna tira toda a roupa e se deita na cama com Narelle. Então Narelle beija sua boca, no pleno comando desta vez, suga seus lábios e faz as línguas se encontrarem. Ficam assim por minutos antes de Narelle umedecer os dedos e tocá-la e beijar seus seios enquanto se masturba. Diferentemente do que poderia imaginar, Anna não é virgem, poderia perguntar a respeito, mas não. Anna tem um cheiro bom, cheiro de talco que se passa em bebê, está excitada, Narelle a beija mais do que a toca. Anna beija. A certa altura param, ficam apenas uma do lado da outra. O que dizer? Os olhos de Anna? O cheiro de Anna? A bunda firme de Anna? Narelle pega no sono enquanto observa Anna dormir e quando acorda, visor do celular marcando pouco mais de três da manhã, percebe que Anna voltou pra sua cama. Programa o telefone pra despertar às oito, vira de lado, ajeita o travesseiro sob a cabeça, diz pra si mesma que correu tudo bem, que foi bom.

Daqui a instantes pensará que talvez tenha sido perigoso, imprudência demais, e perderá o sono.

(Teve receio de sair da cama e acordá-la.) Aguentou deitada até as sete e meia da manhã quando levantou. Anna dormiu até as nove e meia, nesse meio-tempo Narelle recebeu um SMS de Trixie convidando pra fazerem alguma coisa na praia, já que a previsão era de sol a partir do final da manhã. "Pode ser" foi a primeira resposta e "Se quiser vir me pegar em Blacktown será bem-vinda" foi a segunda, enviada assim que Anna se levantou. Trixie chegou dez e dez, e foram até Potts Point. Anna deu um abraço desajeitado em Narelle e subiu. Lakini e Narelle conversaram sobre Anna. Narelle contou o que aconteceu, mas Lakini estava visivelmente exausta e se limitou a dizer que nada de ruim pode vir do afeto sincero. Anna voltou com uma pasta e entregou a Narelle. Narelle não quis abusar, disse que ligaria durante a semana, beijou Anna e depois beijou Lakini. Quando voltou pro carro, Trixie perguntou onde ela estava com a cabeça.

O câmbio do Golf quebrou quando Trixie engatou a ré pra estacionar numa vaga de rua em Maroubra Beach (queria ir até Manly, ao norte, do outro lado de Port Jackson, mas Narelle esvaziou os planos alegando que precisava estar no Paddington Sour por volta das quatro da tarde porque não aparecera na noite anterior e não tinha o direito de sobrecarregar Nick). Colocaram o Golf na vaga empurrando, já que marcha alguma entrava. Trixie prometeu que nada a faria perder o humor: que só pensaria no conserto do carro na segunda-feira. Ficaram no extremo sul da praia, onde a quantidade de gente é menor, afinal é domingo, dia oficial das pessoas que jamais deveriam ter nascido ocuparem o litoral. Narelle tira a roupa, fica só de biquíni, Trixie faz o mesmo depois de ajeitar as cadeiras que trouxe de casa. Narelle olha pra sua pele. "Pareço um monstro, não pareço?" Trixie dá de ombros enquanto procura algo na bolsa. "O mais estranho é que, apesar de estar caminhando pra uma crise maior do que aquela que tive anos atrás e me traumatizou pra caramba, não estou preocupada... nem um pouco", confessa. "Isso deve ser o que os especialistas chamam de amadurecer, Narelle..." Narelle ri. "Por favor, Branquela, não vamos começar o momento guerrinha." Trixie olha na sua direção por cima das lentes. "Você fala assim porque me inveja", Narelle diz, passando protetor solar. "Tá certo, deve ser isso mesmo: inveja. Você tem essa capacidade surreal de não se prender, não criar raízes... Sei que você não percebe, mas as pessoas invejam isso em você. Tenho certeza que até o idiota do Justin inveja isso em você. O síndico tentou te emparedar e você mandou ele à merda... Cara, você é minha heroína do coração, tenho muito orgulho de você", aborrecidamente elogiosa. "Você não me conhece tanto assim, Branquela. Não sou tudo isso. O cristal aqui tem as suas trincas...", contrapõe. "Estou vendo...", aponta pra pele manchada, rindo. "Não dá pra falar sério com você, Perth Girl?" E Trixie faz uma das caretas que sempre faz quando está zoando Narelle ou sendo zoada por ela. "Digo que vim pra Sydney por causa do emprego na Art Gallery, mas na verdade foi porque meus pais têm muita dificuldade em aceitar que a filha, a que deveria ser o orgulho da família, tenha se transformado na maior machorra joãozinho esfola-velcro do pedaço. Estou brigada com eles... já faz quatro anos. Isso nunca te contei..." Narelle fica de pé pra passar protetor solar nas costas. "Tenho percebido que você não me conta um monte de coisas...", balançando a cabeça, "agora espalha esse protetor nas minhas costas", pede. "Sempre suserana...", Trixie se levanta. "Escravas brancas... escravas brancas do oeste da

Austrália, as melhores que existem...", rindo. "Sério, Narelle. Às vezes me sinto uma tola. Quero achar alguém, formar uma família, não ficar só nesta vidinha burocrática de sabichona da arte", começa a espalhar o protetor na amiga. "Mas você não é a sabichona da arte. Nenhuma de nós duas é a sabichona da arte. Jogamos o jogo, alguns acreditam, outros acreditam menos", sanciona. "A vida vai passar, Narelle, e eu não vou ser feliz... Ando com essa impressão, mais do que sempre ando com essa impressão..." Narelle se vira. "Trixie, você sempre está com essa impressão", soletrando a palavra impressão. "Pelo amor de Deus, que drama sem cabimento...", e tira o protetor solar das mãos de Trixie. "Obrigada." Trixie olha em volta, baixa a cabeça. "Como eu me engano com você, Narelle... querendo que você seja a minha grande amiga. Sim. Tola que eu sou... Você não é minha amiga... Você nunca foi minha amiga." Narelle sorri, mas logo percebe que Trixie está falando sério. "Não te conto as coisas porque você nunca presta atenção, nunca quer prestar atenção... É só você, você, você... Cara, você é a pessoa de quem mais cuidei... cuidei incondicionalmente... Mantive a casa de Tamarama alugada por mais um ano só por sua causa, porque era perto de Bondi... e você gostava... e você nem percebeu. Me queimo geral com os colegas na galeria porque só passo trabalho pra você. Quando você está na cidade fico só em função de você. Não estou cobrando... que isso fique bem claro: não estou cobrando nada. Mas é que você não consegue nem ao menos conversar e ser atenciosa. Você merece o Jörg, merece um cara que faça gato-sapato de você... que te explore e te enrabe... Por hoje, chega. Tentamos de novo um dia destes, no mês que vem, no ano que vem", e começa a recolher as cadeiras. "Trixie, para com isso... Estou meio fora do ar, você sabe que eu não dormi direito essa noite... Vamos lá... Não me faça implorar..." Trixie recolhe suas coisas. "Por favor, não me siga", e sai em direção à rua que dá acesso à praia. Narelle espera ela se distanciar, deita na areia, pensa no que fará agora que conhece o conteúdo dos quatro desenhos que Anna lhe entregou.

O sol durou mais meia hora, então o céu ficou nublado e em seguida começou a chover. Ela passou no apartamento, largou suas coisas, tomou um banho, preparou uma caneca de café, bebeu apressada, pegou a pasta com os desenhos de Anna e chegou ao Paddington Sour antes de Nick. Agora, encostados na bancada central da cozinha, um de frente pro outro, estão apenas os dois no restaurante. "Que droga, Nick... Me fala, Nick", Narelle insiste. "Sou apenas um empregado, senhorita...", se defende. "Estou há uma semana convivendo com você e posso garantir: você é mais que um simples empregado." Nick toca mais uma vez em cada uma das quatro folhas com os desenhos de Anna que estão na mesa: Bernard discutindo com uma mulher, um homem se aproximando de Bernard e da mulher, Bernard empurrando o homem pro chão, Bernard apontando o dedo pro rosto do homem que continua caído enquanto a mulher olha pro lado oposto de onde estão Bernard e o tal homem. "Espero que seu irmão volte logo, é só o que tenho para dizer." As panelas grandes, que só estão sobre a bancada central porque aos domingos o restaurante trabalha apenas com lanches rápidos e não é necessário o frenesi dos outros dias, somam esse volume que parece não deixar que a cozinha seja a mesma cozinha, Narelle observa as superfícies metálicas envolvidas pela fluorescência das lâmpadas. "Não faz isso comigo, Nick. Preciso saber..." Depois de um longo silêncio, Nick enche metade de um copo com água da torneira. "Seu irmão é um homem complexo... um homem que sempre reage à altura quando confrontado... Comecei a trabalhar com ele uma semana antes do restaurante abrir as portas, e posso garantir: ele tem planos... negócios na área imobiliária pelo que entendi. Este restaurante é só o seu primeiro passo em Sydney. Tenho certeza de que isso tudo que está acontecendo só está acontecendo porque ele quer que aconteça." Pega um punhado de sal, despeja no copo, mistura com o dedo. "Tenho certeza disso." Bebe tudo. "E existe alguém a quem eu possa perguntar sobre Bernard? Sei que ele deve ter algum amigo que eu não conheça... um aliado... Bernard é bom em fazer aliados." Nick lava o copo. "Sei que isto pode me custar o emprego e também a confiança do seu irmão, mas... o que eu posso dizer... seu irmão tem um senso muito forte de família, ele se preocupa muito com a senhorita... pelo pouco que sei..." Põe o copo na prateleira dos copos. "Não quero errar lhe dizendo isto...", ainda falando de costas pra Narelle, "o advogado... aquele que veio na quinta-feira à tarde e falou com a senhorita... ele e o seu irmão são amigos. Ele vinha bastante aqui no primeiro ano de funcionamento. E eles...", e se vira pra Narelle, "sou o único empregado que tem essa informação. Se a senhorita quiser descobrir o que está acontecendo, falar com ele pode ajudar. Pode ser que ele saiba alguma coisa." Narelle não chega a se surpreender com isso. "Obrigada, Nick", e aperta sua mão, certa de que um aperto de mão nunca é suficiente quando se está agradecida. Vai até o escritório do restaurante, manda um e-mail pro advogado propondo uma conversa e passando seu celular. O advogado responde em menos de dez minutos com um SMS: "No saguão do Opera House em meia hora. Podemos conversar antes do show do Burt Bacharach". Narelle melhora a maquiagem, chama um táxi, passa num dos cafés que ficam sob o piso antes das escadarias do Opera House, pega um café expresso duplo (café não é nada bom quando se está passando por uma crise de psoríase), acomoda-se no assento de concreto alisado ao longo da mureta que margeia a passarela, contempla o Sydney Cove Warrane, as barcas chegando e saindo da Circular Quay, a Sydney Harbour Bridge, a luminosidade do Luna Park já ganhando evidência do outro lado de Port Jackson. Está mais do que na hora de fazer as pazes com tudo isso. Mas como? Termina o café, manda um SMS pro advogado. "Estou aqui." Caminha até a escadaria. "Estamos na entrada principal do saguão." Narelle vai ao seu encontro. Ele está acompanhado de duas mulheres entre quarenta e cinquenta anos, mulheres altas, louras, elegantes. Aproxima-se constrangida, ele vem até ela. "Desculpe fazê-la vir aqui, mas se você está com pressa como disse, aqui seria o único lugar onde poderíamos conversar frente a frente e com alguma tranquilidade antes de quarta-feira pela manhã, que é só quando terei um horário livre na minha agenda", sorrindo. "Não quero estragar o seu programa", olhando na direção das duas mulheres. "Não se preocupe. Aquelas são minha esposa e sua melhor amiga. São loucas pelo Burt Bacharach. Vieram na sexta. Tive de me impor pra não ser forçado a ficar para a outra apresentação além de assistir a esta primeira. Sou fã do sujeito, mas não a esse ponto. Duas apresentações num mesmo dia? Não..." Riem. "Podemos conversar lá fora?", ela pergunta. "Como você quiser, temos uns vinte minutos antes de abrirem as portas da plateia." "Então vou direto ao assunto: onde está o meu irmão? Sei que o senhor sabe." Ele assume um ar severo. "Se soubesse que você viria até aqui pra uma pergunta dessas não teria respondido sua mensagem com a atenção que respondi, na verdade não teria sequer respondido. Agora com licença", e se vira. Narelle se põe na sua frente. "Tudo bem. Posso mudar a pergunta. O senhor tem alguma ideia do que está acontecendo com o meu irmão?", e lhe passa os desenhos de Anna. "Sei que o senhor é amigo de Bernard, sei que frequentava o Paddington Sour. Algo me diz que ele não saiu da Austrália, que, na verdade, está por perto." Ele aponta pro celular dela, está na sua mão direita, e pronuncia sem emitir som um desligue. Ela obedece, tentando não pensar na semelhança entre o zelo do advogado e o do síndico. "Quando lhe dei meu e-mail pessoal não imaginei que você fosse entrar em contato tão rapidamente", olhando com atenção os desenhos de Anna. "Vou ser direto, assim como você disse que seria... Seu irmão está bem. Não sei exatamente onde está, mas posso garantir que está bem. Até a próxima sexta vai estar de volta", devolve as quatro folhas a Narelle. "Eu não entendo...", ela diz. "Empresários têm os seus truques, Narelle. Não permitir que os outros entendam faz parte... Não me peça para explicar além do que vou dizer. Por exemplo, uma indústria argentina contrata a aquisição de equipamentos de uma empresa turca e dá um jeito de tornar, dentro das brechas legais, o pagamento dessas peças, digamos, mais difícil, o que não é bom pra quem está esperando o dinheiro, e, por isso, força o credor a rever as bases do acordo. O que está acontecendo não é tão óbvio, pelo contrário, é engenhoso. Seu irmão precisa de você. Ele tem planos para você", tira do bolso um ingresso pro show do Burt Bacharach e entrega na mão dela. "Fique com esse ingresso. Não é na plateia, é na galeria atrás do palco. Imagino que não seja ideal, mas pelo que minha mulher disse ele dirige as falas do show mais aos que ficam ali do que aos que estão nos outros lugares", e olha na direção das duas mulheres. "Não vou incomodar mais o senhor", ela diz. "Bernard ficará muito orgulhoso de você. Só não conte a ele o que eu lhe disse. Tudo certo. Tudo se acertando... Então bom show...", e se afasta. Ela rasga o ingresso, joga os pedaços de papel na primeira lixeira que encontra. Pessoas correm pra não se atrasar pro show. Mesmo sob o céu nublado, a beleza do centro da cidade observada de longe vai ganhando soberba natalina: a brincadeira, mesmo que não haja brincadeira alguma da parte do seu irmão, acabou. Não haverá mais abertura de cofre nem de arquivo de pastas, síndico, credores que não são exatamente credores, Paddington

Sour e nem sequer Ithaca Road, existem coisas mais importantes, Bernard é que ainda não descobriu. Dormirá no Sofitel Sydney Wentworth e deixará Sydney no primeiro voo pra Auckland. Não sabe como contará ao pai o que aconteceu e por que não disse a verdade quando conversaram por telefone, mas sabe que estará com ele, com a mãe e o irmão mais velho, tentando encontrar uma saída praquilo que pode não ser mais do que uma grande baboseira. Liga o celular, há uma chamada não atendida, é de Jörg. Quando menos esperava, o infeliz deu sinal. Ah, Jörg, ela pensa, vamos ver o que você tem pra me contar. Senta na escadaria do Opera House, a beleza arrasadora de Sydney, e telefona.

Os funcionários parecem anestesiados, os clientes parecem anestesiados, a seleção de músicas está uma porcaria. Nada como trabalhar no domingo à noite. Sem que Wander desconfie que se trata da última noite dela no Paddington Sour, Narelle lhe oferece uma dose do melhor uísque do bar enquanto degusta o vinho branco mais caro que há na casa. Dispensou Nick, prometeu que falará com ele amanhã bem cedo por telefone. Como provável consequência da mensagem que ela mandou mais cedo pedindo pra cancelar a tal abertura do cofre no apartamento da Ithaca Road, vê Justin entrar no Paddington Sour, sentar à única mesa livre, receber o cardápio das mãos de um dos garçons, pedir uma cerveja e aguardar. Sem outra ação possível, Narelle vai até a mesa. "Na quarta-feira, não apareci no Five Steps por acaso. Pedi pra gerente, que é uma conhecida minha de longa data, me mandar um SMS quando você aparecesse. Sei que é quase impossível você passar por Sydney e não dar as caras por lá. Só não imaginava que fosse estar com a Trixie", ele diz com sobriedade absurda. "Deus, você não descansa mesmo, cara. Doido. Posso sentar?" Ele oferece uma cadeira. Ela se vira e faz sinal pra um dos funcionários lhe trazer a garrafa de vinho que ficou num balde de gelo sobre o balcão. "Você está bêbada, Narelle?", pergunta cauteloso. "Não. Só um pouco...", erguendo a taça, num brinde. "Vamos caminhar lá fora", propõe. "Não acho boa ideia", ela retruca. "Só quero saber quem te falou do Quarteirão." O atendente põe o balde na mesa. "Vamos lá fora, e eu conto. É minha condição pra falar sobre o Quarteirão", e se levanta. "Quer caminhar porque acha que estou bêbada, não é?", diz. "Não, é porque acho que está triste", estendendo a mão pra ela se levantar. Saem pela Oxford em direção aos bares da esquina com a South Dowling. "Antes eu queria perguntar uma coisa: você tem certeza de que não quer abrir o cofre?" "O cofre. Aposto que seria um trunfo e tanto pra você usar contra Bernard, saber o que tem naquele cofre, não seria? Justin, você é um canalha. Pode esquecer, não vai ter cofre nenhum amanhã. Acabou. Amanhã vou embora desta Austrália por um bom tempo. Cansei de ser Narelle, Justin. Cansei mesmo. Agora me conta, seu puto: o que você sabe sobre o que aconteceu comigo no Quarteirão?", diminuindo o ritmo das passadas. "Vamos do início. Bebi com Jörg anos atrás. Nos encontramos por acaso, ele tinha acabado de chegar de Auckland. Convidei ele pra uma bebida. Ele não parecia estar muito legal. Depois descobri que ele tinha te pedido em casamento... e você tinha recusado. Você sabe, Jörg é um touro, mas não é muito forte pra bebida. Ele começou a falar, eu fui incentivando... Foi falando até que me contou quando te conheceu", e se cala. "Vamos, quero saber tudo o que ele disse", nada simpática. "Ele veio cobrir as Olimpíadas de Sydney e acabou se interessando pela repressão praticada pelo governo contra as comunidades aborígenes que viviam na parte urbana de Sydney e poderiam comprometer a imagem de paraíso da cidade e provocar algum constrangimento durante a realização dos jogos. Ele acabou fazendo amizade com algumas lideranças do

Quarteirão. Eles ligavam toda vez que alguma situação de conflito dava sinal de estar pra acontecer. Ele queria cobrir aquilo, mostrar pro mundo." Ela para de andar. "Isso tudo eu sei, quero saber o que ele disse de mim", retomando a caminhada. "Ele viu quando os policiais te colocaram toda ensanguentada na viatura e saíram contigo sem dizer nada ao oficial que estava comandando a operação. Jörg pegou a moto que tinha alugado dum colega jornalista e seguiu o veículo. Quando viu que estavam passando por vários hospitais sem dar entrada em nenhum, cada vez mais velozes e se dirigindo pra fora da cidade, ele ligou pra outros jornalistas, avisou o que estava acontecendo, encostou do lado da viatura e começou a tirar fotos. Disse que os policiais começaram a discutir. Seguiu assim até que a viatura deu meia-volta e retornou ao centro de Sydney e a um hospital. Ele me disse que você o proibiu de noticiar o que aconteceu e o proibiu também de deixar que qualquer colega dele noticiasse. Disse que dava um jeito de te visitar pela manhã todos os dias que ficou internada no hospital. Disse que quando você teve alta ele foi te buscar e te levou até Bondi Beach e você estava louca por uma comida que fosse o oposto daquela comida de hospital e que então ele te levou no Five Steps e que depois desse dia você viciou no lugar. Ele contou que você foi processada, mas que por ser cidadã neozelandesa e ter duas testemunhas-chave a seu favor acabou inocentada, ou retiraram a acusação, não lembro direito... Disse que você pediu que o processo corresse em segredo de justiça, o que acabou sendo atendido em parte, e que não quis acusar os policiais, embora odiasse cada um deles com todas as forças. Ele disse que nunca entendeu isso de você não querer acusar os policiais. E depois ele falou de como vocês foram ficando amigos... íntimos... Como eu disse: ele estava bêbado. Ele pediu que eu não contasse nada a ninguém. Me fez jurar. Jörg tem poucos amigos. Sei o que é isso e sei o quanto é bom ter um amigo por perto quando se está mal..." Caminham em silêncio, já passaram da esquina com a South Dowling, estão a uma quadra do Hyde Park. "Justin, Justin... Isso tudo que você sabe é só o meio. Quer saber a história do início? E depois o fim? Vamos. Aproveita que estou assim: suscetível." Ele balança a cabeça, concordando. "Durante muito tempo, não pude ouvir falar nem em Redfern nem naquela quadra, muito menos nas ruas, Caroline Street, Hugo Street, Vine Street, Louis Street, o que foi incrível, porque sempre fui fascinada por aquela coisa de ter sido um lugar ocupado por uma tribo aborígene nas primeiras décadas do século, a história deles terem vindo pra trabalhar na tal empresa ferroviária de Eveleigh... e de ser o primeiro lote de propriedade de aborígenes dentro da cidade. O Quarteirão nunca foi pouca coisa...", meditativa. "Bem... Em dois mil fiquei amiga, muito amiga, dum garoto que trabalhava num dos refeitórios da Universidade de Sydney e que morava no Quarteirão... Ele morava com uma tia idosa e três primos mais velhos que ele, dois desses primos já eram casados e tinham filhos pequenos. Uma situação bem crítica... Não era muito diferente nas outras casas do Quarteirão. Mas eles conviviam duma forma bem harmônica, era bonito de ver. Às vezes, nos dias de folga dele, a gente ia pro quarto que ele dividia com o primo solteiro e a gente passava a tarde ouvindo música e conversando. Eu estava apaixonada, quer dizer, eu gostava dele, mas ele parece que não se ligava tanto assim em mim, o que do alto do meu orgulho eu não admitia... Essas coisas acontecem, não é?... Um dia, marquei de me encontrar com ele direto na casa do Quarteirão, mas quando cheguei a mulher de um dos primos, que cuidava das crianças, disse que se ele tinha marcado comigo devia estar atrasado, era normal o patrão pedir pra ele ficar uma hora a mais nos dias mais movimentados. E aproveitando que eu apareci ela me pediu pra ficar cuidando dos filhos dela e dos filhos do outro casal porque tinha que comprar urgente um produto de desentupir pia. Eu disse que tudo bem. Eram ao todo quatro crianças, a mais nova, uma gracinha chamada Mary, só consigo lembrar do nome dela, Mary, estava com três anos, o mais velho estava com seis, e ainda tinha a tia idosa, que mal se mexia na poltrona. Ficamos na sala, os seis... Eu sem saber direito o que fazer, eles esperando que eu fizesse alguma coisa... Lembro que peguei uma caixa que era um jogo de memória, espalhei pelo chão e comecei a falar com eles como se fosse dessas apresentadoras de programa infantil na tevê. Não precisou mais de um minuto pra eles se enturmarem comigo depois que expliquei como ia funcionar a brincadeira. Ficamos ali, distraídos por vários minutos, até que ouvi freadas de automóvel, um estouro forte, uma voz de megafone pedindo pra que as pessoas não saíssem de casa, pedindo pra que ninguém tentasse fugir. Um instante depois já havia alguém batendo na porta, dizendo que era da polícia, pra abrir a porta e depois se afastar e deitar no chão de barriga pra baixo com as mãos na cabeça, que o mesmo deveria ser feito por todos que estivessem na casa. Gritei que ali só havia crianças e uma senhora inválida. A voz disse que contaria até dez. Percebi que outras vozes davam a mesma ordem nas casas vizinhas... Até dez e se a porta não fosse aberta seria arrombada. Ao mesmo tempo que tentava acalmar as crianças, que já começavam a chorar, eu dizia que eles não tinham o direito de fazer aquilo, que eram uns desgraçados de falar daquela forma. Foi quando arrombaram e entraram na sala de arma em punho, eram três. Comecei a ouvir gritos vindos das outras casas. Um dos três foi até o andar de cima enquanto os demais ficavam com as armas apontadas pra mim e pras crianças. Sob uma voz dizendo pra eu deitar no chão como mandaram, ajeitei as crianças num canto, comecei a gritar, parti pra cima de um deles, enfiei as unhas no seu rosto, tentei morder sua orelha... Como ele estava com o fuzil, uma das mãos ficou enroscada na tira da arma e ele só pôde se defender com a outra. Eu estava furiosa. De repente o outro me arrancou de cima do que estava sendo atacado e ficou segurando meus braços. O que recebeu minhas unhadas, já com o rosto sangrando, começou a me xingar, eu disse que era cidadã neozelandesa e que eles não podiam tocar em mim. Foi quando a coisa complicou. Dizendo que eu ia aprender a nunca mais me meter com a polícia e nunca mais pôr os pés na Austrália, ele começou a me socar no rosto. Foram muitos socos. E depois de bônus veio o chute na barriga. A covardia daquele chute foi impressionante...", e para por uns segundos. "A senhora pedia pra que não assustassem mais as crianças. O que estava me segurando me largou. Caí de joelhos, o sangue jorrava da minha testa. O que tinha subido apareceu dizendo que estava tudo limpo lá em cima e perguntou o que tinha acontecido. Senti que havia dois dentes soltos na minha boca, meus olhos começaram a inchar, eu não conseguia ver quase nada. Os três começaram a discutir o que fariam comigo. O que subiu colocou um pano sobre o corte na minha testa, disse pra eu ficar pressionando firme. Disse que tinham de me levar a um hospital e depois me prender por agressão a policial. O que me segurou pro outro bater disse que eu era estrangeira e que aquilo poderia trazer complicações sérias. Então eu senti a conversa deles se distanciando e desmaiei." Justin está sério. "E agora, moço, o fim. O que eu nunca contei pra ninguém...", possuída, sem dar atenção ao fôlego. "Teve um dia no hospital... dois ou três dias depois do Quarteirão... que alguém entrou no meu quarto, que era um quarto privativo, as luzes estavam apagadas, meus olhos ainda inchados das agressões, e segurou minhas mãos dum jeito firme, mas sem machucar, disse que se eu não fosse discreta e não fosse esperta, daria um jeito de acabar comigo e com todas as pessoas de quem eu gostava. Pra provar que não estava de brincadeira, enfiou os dedos em mim enquanto dizia coisas da minha vida e da minha rotina. Foi monstruoso... A voz...", falando pra si mesma, "a voz parecia a do policial que me protegeu dos outros dois", cruza os braços, abaixa a cabeça. Chora em silêncio. Justin tenta abraçá-la, mas ela o afasta. "Foi aquilo que me apagou...", seca as lágrimas. "Você é o homem dos segredos, guarde esse a sete chaves... Puta que pariu, Justin, por que você foi dizer que sabia da história do Quarteirão?" Ela se afasta dele alguns metros. "Quer conversar num outro lugar?", ele sugere. "Não, aqui está ótimo", volta a cruzar os braços. Os minutos passam. "Queria que você voltasse a ser aquela Narelle... A Narelle Um", ele quebra o silêncio. "Não seja tolo... Aquela já não era há muito tempo a Narelle Um... E pare com essa coisa ridícula de nome e numeração", ela o desestimula. "E você vai fazer o quê?", aparentemente conformado com o distanciamento emocional dela. "Não sei. Tava pensando lá no bar. Acho que vou pro Brasil", desarmando-se um pouco. "Jörg passou maus bocados por lá ontem, mas você sabe como ele é cabeça-dura. Você também é cabeça-dura", Narelle o empurra de leve. "Um dia podemos fazer uma viagem juntos se você quiser. Não sei se gosto tanto de Sydney e do estilo Sydney de ser como gostava antes", ele diz. "Tenho certeza de que gosta. Você nasceu pra mandar em Sydney." Ele faz uma pose de autoridade. Ela ri. "Sério. Se bobear, um dia você acaba prefeito." "Chamo você pra ser minha cabo eleitoral chefe. Só não me inventa de aparecer com essa pele destruída", provoca. "Basta contratar uma boa maquiadora. Sei que você terá dinheiro pra isso." Ele devolve o empurrão. "Posso chamar Trixie pra mobilizar a comunidade gay rancorosa", e se afasta como se ela pudesse reagir à sua gracinha. "Você devia procurar Trixie, devia fazer as pazes com ela. Faça isso por mim", ela pede. "Não abuse, Narelle. Não esqueça com quem está falando." "Sei que você é uma pessoa decente... Agora que furei de vez sua blindagem você está ferrado", e, pegando sua mão, puxando o corpo dele pra perto do seu, o abraça e diz que está na hora de voltarem.

Ficou até o último funcionário sair, fechou o Paddington Sour, deixou longos bilhetes pro Nick, disse que Bernard iria aparecer mais rápido do que ele imaginava, chamou um táxi e foi até o prédio de Anna (quando ligou pra Lakini comunicando que viajaria pro Brasil no dia seguinte e queria devolver os desenhos de Anna, Lakini disse que dormiria tarde e que fazia questão de vê-la mais uma vez). Toca o interfone enquanto o táxi espera pra levá-la ao Sofitel. Lakini abre a porta. "Cochilei um pouco", diz, tentando se refazer. "É só pra deixar os desenhos. Por favor, diz pra Anna que nem sempre é possível entender o que significam as situações... Diz também que vou mandar alguma coisa escrita sobre o pai de vocês nos próximos dias", e passa as folhas pras mãos de Lakini. "Confesso que fiquei interessada em saber mais sobre a mãe de vocês. Estou com essa intuição de que é sobre ela que Anna precisa saber. É com ela que precisa se conectar... Agora tenho que ir. Vou dormir num hotel esta noite. Chega de Ithaca Road", deixa escapar. "Você não quer ficar aqui conosco? Tem a cama da senhora que assiste Anna, ela dorme aqui quando eu saio ou viajo, a cama é boa e fica no quarto de Anna... Vamos lá, não pense demais... Anna vai gostar de acordar e descobrir que você está por perto. Você promoveu uma pequena revolução na vida dela, eu sinto isso, torço por isso... Vamos, mulher, dispense o táxi e entre." Então Narelle volta pro táxi, acerta a corrida, pega suas coisas no banco de trás e entra no prédio da Macleay Street, menos fugaz e menos desacompanhada agora.

ESTA OBRA FOI COMPOSTA EM ELECTRA PELO ESTÚDIO O.L.M. E IMPRESSA EM OFSETE PELA RR DONNELLEY SOBRE PAPEL PÓLEN BOLD DA SUZANO PAPEL E CELULOSE PARA A EDITORA SCHWARCZ EM MAIO DE 2013